Historias desaforadas

Adolfo Bioy Casares

Historias desaforadas

emecé

Bioy Casares, Adolfo
    Historias desaforadas.- 1ª ed. – Buenos Aires : Emecé Editores,
2006.
    216 p. ; 23x14 cm.

    ISBN 950-04-2796-6

    1. Narrativa Argentina. I. Título
    CDD A863

Edición al cuidado de Sergio López

Derechos exclusivos de edición en castellano
reservados para todo el mundo
© 1986, 2006, Emecé Editores S.A.
Independencia 1668, C 1100 ABQ, Buenos Aires, Argentina
www.editorialplaneta.com.ar

Diseño de cubierta: Departamento de Arte de Editorial Planeta
8ª edición: setiembre de 2006
(1ª edición en este formato)
Impreso en Talleres Gráficos Leograf S.R.L.,
Rucci 408, Valentín Alsina,
en el mes de agosto de 2006.

IMPRESO EN LA ARGENTINA / PRINTED IN ARGENTINA
Queda hecho el depósito que previene la ley 11.723
ISBN-13: 978-950-04-2796-8
ISBN-10: 950-04-2796-6

Una mañana, mientras estaba afeitándome, recordé la frase de Bergson: *"La inteligencia es el arte de salir de situaciones difíciles"*. Me dije que en ese momento para mí una situación difícil era la vejez, y se me ocurrió la historia de un profesor que logra aislar las glándulas de la juventud, para injertarlas en organismos decrépitos. Ese vago argumento fue el punto de partida de *"Historia desaforada"*, otro de mis cuentos satíricos. *"Máscaras venecianas"*, en cambio, nació de dos ideas casi contradictorias: el anhelo de vivir varias vidas y la imposibilidad de retener a la persona querida tal como la conocimos.

En mi opinión las ideas largamente maduradas dan buenos resultados. Cuando leí en 1936 o 1937 la *Crítica de la razón pura, de Kant*, lo primero que pensé fue en retratarme junto al libro, como una especie de testimonio de que lo había leído; también me pareció que en sus páginas había una buena idea para un cuento o una novela. Cuarenta y tantos años después escribí *"El Nóumeno"*, que quiere ser un homenaje a Arturo Cancela, o por lo menos a un cuento de Cancela que influyó mucho en el tono porteño de mis libros: *"Una semana de holgorio"*.

Una de las preocupaciones que me acompañaron durante la niñez fue la de tratar de imaginar el límite del universo. Me causaba un infinito asombro, no exento de temor, la posibilidad de que en algún punto el universo pudiese de pronto cesar. *"El cuarto sin ventanas"* es un tardío intento de despejar ese enigma. No creo que el chico que fui hubiera considerado mi cuento como una respuesta satisfactoria.

A. B. C.

Planes para una fuga al Carmelo

Al profesor lo irritaba la gente que se levantaba tarde, pero no quería despertar a Valeria, porque a ella le gustaba dormir. "Pone mucha aplicación", pensó, mientras contemplaba el delicado perfil y la efusión roja del pelo de la chica sobre la almohada blanca.

El profesor se llamaba Félix Hernández. Parecía joven, como tantas personas de su edad en aquella época (veinte años antes, hubieran sido viejos). Era famoso, aun fuera del mundo universitario, y muy querido por los alumnos. Se consideraba afortunado porque vivía con Valeria, una estudiante.

Entró en la cocina, a preparar el desayuno. Cuidó las tostadas, para que se doraran sin quemarse, y recordó: "Esta mañana Valeria defiende la tesis. No tiene que olvidar los tres períodos de la historia". Después de una pausa, dijo: "Últimamente me dio por hablar solo".

Llevó la bandeja al dormitorio en el momento en que la muchacha volvía de la ducha, aún mojada y envuelta en una toalla. Al arrimarle una taza vio en el espejo su propia cara, con esa barba a retazos blanquísima, a retazos negra, que recién afeitada parecía de tres días. Miró a la chica, volvió a mirar el espejo y se dijo: "Qué contraste. Realmente, soy un hombre de suerte". La chica exclamó:

—Si me quedo dormida, me muero.

—¿Por no doctorarte? No perderías mucho.

—Es increíble que un profesor hable así.

—Ya nadie sabe que puede estudiar solo. El que está en un aula donde hay un profesor, cree que estudia. Las universidades, que fueron ciudadelas del saber, se convirtieron en oficinas de expendio de patentes. Nada vale menos que un título universitario.

La chica dijo, como para sí misma:

—No importa. Yo quiero el título.

—Entonces tal vez convenga que menciones los tres períodos de la historia. Cuando el hombre creyó que la felicidad dependía de Dios, mató por razones religiosas. Cuando creyó que la felicidad dependía de la forma de gobierno, mató por razones políticas.

—Yo leí un poema. *Cada cual mata aquello que ama...*

La miró, sonrió, sacudió la cabeza.

—Después de sueños demasiado largos, verdaderas pesadillas —explicó Hernández—, llegamos al período actual. El hombre despierta, descubre lo que siempre supo, que la felicidad depende de la salud, y se pone a matar por razones terapéuticas.

—Me parece que voy a provocar una discusión con la mesa.

—No veo por qué. ¿Alguien duda de que a cierta edad recibirá la visita del médico? ¿No es ésa una manera de matar? Por razones terapéuticas, desde luego. Una manera de matar a toda la población.

—A toda, no. Están los que se escapan a la otra Banda.

—Ahí surge la amenaza de un segundo montón de muertos. Inmenso. Por razones terapéuticas, también.

—Pero eso —con aparente distracción dijo la chica, mientras se vestía— si les declaramos la guerra.

—No va a ser fácil. Entre los viejos decrépitos de la Banda Oriental hay negociadores astutos, que siempre encuentran la manera de ceder algo sin importancia.

—Me dan asco —dijo Valeria, lista ya para salir—, pero que posterguen la guerra me parece bien.

—Tarde o temprano habrá que decidirse. No puede ser que en la otra Banda haya un foco infeccioso, un caldo de cultivo de todas las pestes que nosotros hemos eliminado. Salvo que alguien descubra la manera de frenar la vejez... Pero ¿qué vas a contestar si te preguntan cómo empezó el tercer período?

—Cuando ya nadie creía en los políticos, la medicina atrajo, apasionó, al género humano, con sus grandes descubrimientos. Es la religión y la política de nuestra época. Los médicos argentinos, del legendario Equipo del Calostro, un día lograron la barrera de anticuerpos, durable y polivalente. Esto significó la erradicación de las infecciones, pronto seguida por la del resto de las enfermedades y por una extraordinaria prolongación de la juventud. Creímos que no era posible ir más lejos. Poco después los uruguayos descubrieron el modo de suprimir la muerte.

—Lo que nuestro patriotismo recibió como una patada.

—Pero ni los propios uruguayos lograron detener el envejecimiento.

—Menos mal...

—Con tus interrupciones pierdo el hilo —dijo Valeria y retomó el tono de recitación—. Alrededor de los dos países del Río de la Plata, se formaron los bloques aparentemente irreconciliables, que hoy se reparten el mundo. Los enemigos nos llaman jóvenes fascistas y, para nosotros, ellos son moribundos que no acaban de morir. En el Uruguay la proporción de viejos aumenta. —Sin detenerse agregó: —Son casi las diez. Tengo que irme.

La acompañó hasta la puerta, la besó, le pidió que no volviera tarde y no entró hasta que la perdió de vista.

Un rato después, cuando estaba por salir, oyó el timbre. Recogió un cuaderno de apuntes, que probablemente Valeria había olvidado, empezó a murmurar: "De todo te olvidas, ¡cabeza de novia!", abrió la puerta y se encontró con sus discípulos Gerardi y Lohner.

—Venimos a verlo —anunció Lohner.

—El tiempo no me sobra. A las once debo estar en la Facultad.

—Lo sabemos —dijo Gerardi.

—Pero tenemos que hablar —dijo Lohner.

Parecían nerviosos. Los llevó al escritorio.

—Lohner —dijo Gerardi y señaló a su compañero— va a explicarle todo.

Hubo un silencio. Hernández dijo:

—Estoy esperando esa explicación.

—No sé cómo empezar. Un amigo, de Salud Pública, nos avisó anoche que vienen a verlo.

Hernández entreabrió la boca, sin duda para hablar, pero no dijo nada. Por último Gerardi aclaró:

—Viene el médico.

Hubo otro silencio, más largo. Preguntó Hernández:

—¿Cuándo?

—Hoy —dijo Lohner.

—Entre anoche y esta mañana arreglamos todo.

—¿Qué arreglaron?

—El cruce al Carmelo.

—¿En el Uruguay? —preguntó Hernández, para ganar tiempo.

—Evidentemente —contestó Lohner.

Gerardi refirió:

—El amigo de Salud Pública nos puso en comunicación con un señor, llamado Contacto, que se encarga del renglón lancheros. Nos dio cita, a las diez de la noche, en la Confitería Del Molino, en la mesa que está contra la segunda columna de la izquierda, entrando por Callao. Ahí tomamos tres capuchinos y cuando yo iba a decirle quién era usted, el señor Contacto me paró en seco. "Si consigo lancha, no debo saber para quién", y nos pidió que lo esperáramos un minutito, porque iba a hablar a Tigre. No fue un minutito. Querían cerrar la confitería y el señor Contacto no lograba comunicarse. En nuestro país estas cosas, por simples que parezcan, son complicadas. Finalmente volvió, dio un nombre, una hora, un lugar: Moureira, a las ocho de la mañana, en el almacén de Liniers y Pirovano, frente al puentecito sobre el río Reconquista.

—¿En el Tigre? —preguntó Hernández.

—En Tigre.

—Y ustedes, esta mañana, ¿lo encontraron?

—Como un solo hombre. Tengo la impresión de que se puede confiar en él.

—Sobre todo si no le damos tiempo —observó Lohner.

—¿Para qué? —preguntó Hernández.

—No creo que le convenga… —opinó Gerardi—. Su trabajo es pasar fugitivos a la otra Banda. Si traiciona una vez y llega a saberse ¿de qué vive?

—Es gente vieja del Delta. En tiempo de las aduanas, el abuelo y el padre fueron contrabandistas. Moureira aseguró que él mismo es una especie de institución.

—¿Cuándo tengo que ir?

—Se viene con nosotros. Ahora mismo.

—Ahora mismo no puedo.

—Moureira está esperándonos —dijo Gerardi.

—Más vale no entretenerse —dijo Lohner.

—Tengo que buscar a una amiga —dijo Hernández.

Hubo un silencio. Gerardi preguntó:

—¿A la que sabemos, profesor?

Sonriendo, por primera vez, confirmó Hernández:

—A la que sabemos.

—No se demore. Nosotros nos vamos. Hay que retener a Moureira —dijo Lohner.

Gerardi insistió:

—No se demore. Usted nos encuentra en el almacén de Liniers y Pirovano, frente al puentecito. Un puentecito que se cae a pedazos, desde tiempo inmemorial.

Con impaciencia dijo Lohner:

—No va a ser fácil retener al tal Moureira.

Cuando quedó solo se preguntó si estaba asustado. Sabía que tenía apuro por cruzar a la otra Banda y que no dejaría a Valeria. Después de la conversación con los muchachos, le pareció que avanzaba inevitablemente por un camino peligroso, desde cuyos bordes las cosas, aun las más familiares, lo miraban como testigos impasibles.

Sin perder un minuto se largó a la facultad. En el primer piso, al salir de la escalera, la encontró.

—¡Te acordaste de traer los apuntes! —exclamó Valeria.

La verdad es que ni se había acordado del examen de tesis. Traía los apuntes bajo el brazo porque estaba turbado y no sabía muy bien qué hacía. Preguntó:

—¿Llego a tiempo?

—Por suerte. Hasta que no vea dos nombres y una fecha, no voy a sentirme segura.

—Yo creía que solamente los viejos olvidábamos los nombres.

—Nadie te considera viejo.

—Estás equivocada. Aparecieron por casa dos estudiantes.

—¿Para qué?

—Para avisarme que hoy a la tarde me visita el médico. Un amigo que trabaja en el Ministerio de Salud Pública les dio la noticia.

—No puedo creer. De todos modos el médico tendrá que admitir que estás bien.

—No hay antecedentes.

—No importa. Yo sé, por experiencia, cómo estás. Voy a hablarle. Su visita es prematura. Tendrá que admitirlo.

—No lo hará.

—¿Cuál es tu plan?

—Un lanchero nos espera en el Tigre, para llevarnos a la otra Banda. —El profesor debió notar algo en la expresión de Valeria, porque preguntó: —¿Qué pasa? ¿No estás dispuesta?

—Sí. ¿Por qué? En un primer momento repugna un poco la idea de vivir entre viejos que nunca mueren. Pero no te preocupes. Voy a sobreponerme. Son prejuicios que me inculcaron cuando era chica.

—¿Nos vamos o nos quedamos?

—¿Quedarnos y que te visite el médico? No estoy loca. De los que te llevaron la noticia, ¿uno es Lohner?

—Y el otro, Gerardi.

—Un atropellado. Capaz de creer lo primero que oye.

—Lohner, no.

—Circulan tantos rumores… ¿Por qué no vas a dar la clase, como siempre? En cuanto yo concluya la defensa de la tesis, trato de averiguar algo.

Las palabras "dar la clase, como siempre" casi lo convencieron, porque le trajeron a la memoria las tan conocidas "como decíamos ayer" de otro profesor. Recapacitó y dijo:

—No creo que haya tiempo.

—Y es muy probable que sea una imprudencia. Estoy pensando que es mejor que no te vean por acá.

En ocasiones el hombre es un chico ante la mujer. Hernández preguntó:

—¿Entonces, ¿qué hago?

—Te vas a casa, ahora mismo. Si dentro de una hora no llego, ni te he llamado, te vas al Tigre. ¿Dónde nos esperan?

—En Liniers y Pirovano. Debajo de un puente muy viejo, que cruza el río Reconquista.

Repitió Valeria:

—En Liniers y Pirovano. —De pronto agregó: —Si no voy a casa, voy directamente.

Se avino a la propuesta, aunque no lo convencía del todo. A mitad de camino comprendió el error que iba a cometer. Si la muchacha no quería ver el peligro debió abrirle los ojos. Su casa era una trampa en la que pasaría una larga hora de ansiedad. Quién sabe si después no sería tarde para salir.

En el momento de abrir la puerta, un hombre cruzó desde la vereda de enfrente y le dijo:

—Lo esperaba.

Entraron juntos y, ya en el escritorio, Hernández preguntó:

—¿El médico?

Tristemente el médico asintió con la cabeza.

—Aunque debiera callarme, le diré que me expresé mal. No lo esperaba. Mejor dicho, esperaba que no viniera, que mostrara un poco de tino, qué embromar. Dígame, ¿le costaba mucho ponerse a salvo? ¿Tan desvalido se encuentra que no tiene quién le avise y lo pase? ¿O por un instante supone que si lo examino estamparé mi firma en un certificado de salud para que lo dejen vivo?

—Parece justo.

—Son todos iguales. Les parece justo exponerme a que un segundo médico los examine, opine de otro modo y dé a entender que a uno lo sobornaron. Aunque no crea, muchos codician el puesto.

—Entonces no hay escapatoria.

—Eso lo dejo a su criterio. Todavía tengo que ver a otro paciente. Cuando llegue a Salud Pública, paso el informe.

El médico dio por concluida la visita. Hernández lo acompañó hasta la puerta.

—De cualquier modo, muchas gracias.

—Dígame una cosa, ¿algo o alguien lo retiene en Buenos Aires? Me permito recordarle que si no se fuga, tampoco va a seguir junto a la personita que tanto le interesa. Lo atrapan ¿me oye? y lo liquidan.

—Es verdad —admitió Hernández—. *Qué solos se quedan los muertos...*

Cerró la puerta. Por un instante permaneció inmóvil, pero después fue rápido y eficaz. En menos de media hora preparó la valija y salió de la casa. Aunque sin tropiezos, el viaje al Tigre le resultó larguísimo. Finalmente encontró a los discípulos, en el lugar indicado. Con ellos había un hombre robusto, de saco azul y pipa, que parecía disfrazado de lobo de mar.

—Creíamos que no venía —dijo Gerardi—. El señor Moureira quería irse.

—No pierda tiempo —dijo Lohner.

—Suba a la lancha —dijo Moureira.

—Un momento —dijo el profesor—. Espero a una amiga.

—La mujer siempre llega tarde —sentenció Moureira.

Discutieron (esperar unos minutos, irse en el acto) hasta que oyeron una sirena.

—Menos mal que en la policía no han descubierto que la sirena previene al fugitivo —observó Lohner, mientras ayudaba al profesor a subir a la lancha.

Gerardi le preguntó:

—¿Algún mensaje?

—Dígale que para mí era lo mejor de la vida.

—¿Pero que la vida la incluye y que el todo es más que la parte? —preguntó Lohner.

Volvieron a oír la sirena, ya próxima. Los muchachos se guarecieron en el almacén. Moureira le dijo:

—Acuéstese en el piso de la lancha, que lo tapo con la lona.

Obedeció Hernández y con una sonrisa melancólica pensó: "La conclusión de Lohner es justa, pero en este momento no me consuela".

Lentamente, resueltamente, se alejaron rumbo al río Luján y aguas afuera.

Máscaras venecianas

Cuando algunos hablan de somatización como de un mecanismo real e inevitable, con amargura me digo que la vida es más compleja de lo que suponen. No trato de convencerlos, pero tampoco olvido mi experiencia. Durante largos años anduve sin rumbo entre un amor y otro: pocos, para tanto tiempo, y mal avenidos y tristes. Después encontré a Daniela y supe que no debía buscar más, que se me había dado todo. Entonces precisamente empezaron mis ataques de fiebre.

Recuerdo la primera visita al médico.

—De esta fiebre no son ajenos tus ganglios —anunció—. Voy a recetarte algo para bajarla.

Interpreté la frase como una buena noticia, pero mientras el médico escribía la receta me pregunté si el hecho de que me diera algo para el síntoma no significaría que no me daba nada para la enfermedad, porque era incurable. Reflexioné que si no salía de dudas me preparaba un futuro angustioso, y que si preguntaba me exponía a recibir como respuesta una certidumbre capaz de volver imposible la continuación de la vida. De todos modos, la idea de una larga duda me pareció demasiado cansadora y me animé a plantear la pregunta. Contestó:

—¿Incurable? No necesariamente. Hay casos, puedo afirmar que se recuerdan casos, de remisión total.

—¿De cura total?

—Vos lo has dicho. Pongo las cartas sobre la mesa. En situaciones como la presente, el médico recurrirá a toda su energía para dar confianza al enfermo. Tomá nota de lo que voy a decirte, porque es importante: de los casos de curación no tengo dudas. Las dudas aparecen en el análisis del cómo y del por qué de las curaciones.

—Entonces, ¿no hay tratamiento?

—Desde luego que lo hay. Tratamiento paliativo.

—¿Que resulta curativo, de vez en cuando?

No me dijo que no y en esa imperfecta esperanza volqué la voluntad de curarme.

Parecía indudable que me había ido bastante mal en el examen clínico, pero cuando salí del consultorio no sabía qué pensar, todavía no me hallaba en condiciones de intentar un balance, como si me hubieran llegado noticias que, por falta de tiempo, no hubiese leído con detención. Estaba menos triste que apabullado.

En dos o tres días el remedio me libró de la fiebre. Quedé un poco débil, o cansado, y tal vez por eso acepté literalmente el diagnóstico del médico.

Después me sentí bien, mejor que antes de enfermarme, y empecé a decir que no siempre los médicos aciertan con sus diagnósticos; que tal vez yo no tuviera un segundo ataque. Razonaba: "Si fuera a tenerlo, algún malestar lo anunciaría, pero la verdad es que me siento mejor que nunca".

No negaré que había en mí una marcada propensión a descreer de la enfermedad. Probablemente de ese modo me defendía de las cavilaciones en que solía caer, sobre sus posibles efectos en mi futuro con Daniela. Me había acostumbrado a ser feliz y la vida sin ella no era imaginable. Yo le decía que un siglo no me alcanzaba para mirarla, para estar juntos. La exageración expresaba lo que sentía.

Me gustaba que me hablase de sus experimentos. Espontáneamente yo imaginaba la biología, su materia, como un enorme río que avanzaba entre prodigiosas revelaciones. Gracias a una beca, Daniela había estudiado en Francia con Jean Rostand y con Leclerc, su no menos famoso colaborador. Al describirme el proyecto en que Leclerc trabajaba por aquellos años, Daniela empleó la palabra carbónico; Rostand, por su parte, indagaba las posibilidades de aceleración del anabolismo. Recuerdo que dije:

—Yo ni siquiera sé qué es el anabolismo.

—Todos los seres pasamos por tres períodos —explicó Daniela—. El anabólico, de crecimiento, después una meseta más o menos larga, el período en que somos adultos, y por último el catabólico o decadencia. Rostand pensó que si perdiéramos me-

nos tiempo en crecer, ganaríamos años utilísimos
para la vida.

—¿Qué edad tiene?

—Casi ochenta. Pero no creas que es viejo. Todas
sus discípulas se enamoran de él.

Daniela sonrió. Sin mirarla, contesté:

—Yo, si fuera Rostand, dedicaría mi esfuerzo a
postergar, aun a suprimir, el catabolismo. Te aclaro
que no digo esto porque lo considere viejo.

—Rostand piensa como vos, pero sostiene que
para entender el mecanismo de la decadencia es indispensable conocer el del crecimiento.

A pocas semanas de mi primer ataque de fiebre,
Daniela recibió una carta de su maestro. Cuando me
la leyó, tuve una verdadera satisfacción. Para mí fue
sumamente agradable que un hombre famoso por su
inteligencia estimara y quisiera tanto a Daniela. El
motivo de la carta era pedirle que asistiera a las pró-
ximas Jornadas de Biología de Montevideo, donde
encontraría a uno de los investigadores de su grupo,
el doctor Proux, o Prioux, que podría ponerla al tanto del estado actual de los trabajos.

Daniela me preguntó:

—¿Cómo le digo que no quiero ir?

Siempre consideró que esos congresos y jornadas internacionales eran inútiles. No conozco persona más reacia a la figuración.

—¿Te parece una ingratitud decirle que no a
Rostand?

—Le debo todo lo que sé.

—Entonces no le digas que no. Te acompaño.

Recuerdo la escena como si la viera. Daniela se echó en mis brazos, murmuró un sobrenombre (ahora lo callo porque todo sobrenombre ajeno parece ridículo) y exclamó alborozada:

—Una semana en el Uruguay, con vos. ¡Qué divertido! —Hizo una pausa y agregó: —Sobre todo si no hubiera Jornadas.

Se dejó convencer. El día de la partida amanecí con fiebre y, al promediar la mañana, me sentía pésimamente. Si no quería ser una carga para Daniela, debía renunciar al viaje. Confieso que estuve esperando un milagro y que sólo a última hora le anuncié que no la acompañaba. Aceptó mi decisión, pero se quejó:

—¡Una semana separados para que yo no me pierda ese aburrimiento! ¡Por qué no le dije que no a Rostand!

De repente se hizo tarde. La despedida, muy apresurada, me dejó un sentimiento de incomprensión mezclado a la tristeza. De incomprensión y desamparo. Para consolarme pensé que fue una suerte no tener tiempo de explicarle el alcance de mis ataques de fiebre. Suponía tal vez que si no hablaba de ellos, les quitaba importancia. Esta ilusión duró poco. Me encontré tan enfermo que me desanimé profundamente y entendí que estaba grave y que no tenía cura. La fiebre cedió al tratamiento más trabajosamente que en la ocasión anterior, y me dejó nervioso y agotado. Cuando Daniela volvió me sentí feliz, pero mi aspecto no debía de ser bueno, porque preguntó con alguna insistencia cómo me sentía.

Me había propuesto no hablar de la enfermedad, pero ante no sé qué frase en que noté, o creí notar, un velado reproche por no haberla acompañado a Montevideo, le recordé el diagnóstico. Le dije lo esencial, pasando por alto los casos de cura, que tal vez no fueran sino un recurso del médico para atenuar la terrible verdad que me había comunicado. Daniela preguntó:

—¿Qué propones? ¿Que dejemos de vernos?

Le aseguré:

—No tengo fuerzas para decirlo, pero hay algo que no puedo olvidar: el día en que me conociste yo era un hombre sano y ahora soy otro.

—No entiendo —contestó.

Traté de explicarle que yo no tenía derecho a cargarla para siempre con mi invalidez. Interpretó como una decisión lo que en definitiva eran cavilaciones y escrúpulos. Murmuró:

—Está bien.

No discutimos, porque Daniela era muy respetuosa de la voluntad ajena y sobre todo porque estaba enojada. Desde ese día no la vi. Yo razonaba tristemente: "Es la mejor solución. Por horrible que me parezca la ausencia de Daniela, peor sería cerrar los ojos, cansarla, notar su cansancio y sus ganas de alejarse". Además la enfermedad podría obligarme a renunciar a mi empleo en el diario; entonces Daniela no sólo tendría que aguantarme, sino también que mantenerme.

Recordaba un comentario suyo, que alguna vez me hizo gracia. Daniela había dicho: "Qué cansado-

ra esa gente aficionada a las peleas y a las reconcilia-
ciones". No me atreví, pues, a buscar una reconcilia-
ción. No fui a verla ni la llamé por teléfono. Busqué
un encuentro casual. Nunca he caminado tanto por
Buenos Aires. Cuando salía del diario, no me resignaba a volver a casa y postergar hasta el día siguiente la posibilidad de encontrarla. Dormía mal y despertaba como si no hubiera dormido, pero seguro de
que ese día la encontraría en alguna parte, por la simple razón de no tener fuerzas para seguir viviendo
sin ella. En medio de esta ansiosa expectativa me enteré de que Daniela se había ido a Francia.

Conté a Héctor Massey, un amigo de toda la vida, lo que me había pasado. Reflexionó en voz alta:

—Mirá, la gente desaparece. Uno rompe con una
persona y ya no vuelve a verla. Siempre sucede lo
mismo.

—Buenos Aires sin Daniela es otra ciudad.

—Si es así, tal vez te sirva de aliento algo que he
leído en una revista: en otras ciudades suele haber
dobles de las personas que conocemos.

A lo mejor decía eso para distraerme. Debió de
adivinar mi irritación porque se disculpó:

—Comprendo lo que será renunciar a Daniela.
Nunca tendrás una mujer igual.

A mí no me gusta hablar de mi vida privada. Sin
embargo, he descubierto que tarde o temprano con-
sulto con Massey todas mis dificultades y dudas.
Probablemente busco su aprobación porque lo considero honesto y justo y porque no deja que los sentimientos desvíen su criterio. Cuando le conté mi úl-

tima conversación con Daniela, quiso cerciorarse de
que la enfermedad era realmente como yo la había
descrito y después me dio la razón. Añadió:

—No vas a encontrar otra Daniela.

—Lo sé demasiado bien —dije.

He pensado muchas veces que la ingenua insen-
sibilidad de mi amigo era una virtud, pues le permitía opinar con absoluta franqueza. Personas que lo
consultan profesionalmente (es abogado) lo elogian
por decir lo que piensa y por tener una visión clara y
simple de los hechos.

Pasé años aislado en mi pesadilla. Ocultaba la enfermedad como algo vergonzoso y creía, a lo mejor
con razón, que si no veía a Daniela no valía la pena
ver a nadie. Evité al propio Massey; un día supe que
andaba por los Estados Unidos o por Europa. En las
horas de trabajo, en el diario, trataba de aislarme de
los compañeros que me rodeaban. Mantuve con todo una esperanza que no formulé de manera explí-
cita, pero que me sirvió para sobreponerme al des-
consuelo y para ajustar mis actos a la invariable meta
de recomponer el destruido castillito de arena de la
salud: la desesperada esperanza de curarme (no me
pregunten cuándo) y de reunirme con Daniela. Esperar no me bastó; imaginé. Soñaba con nuestra reu-
nión. Como un exigente director de cine, repetía la
escena hasta el cansancio, para que fuera más triunfal y conmovedora. Muchos opinan que la inteligencia es un estorbo para la felicidad. El verdadero estorbo es la imaginación.

Llegaron de París noticias de que Daniela se había volcado íntegramente en sus trabajos y experimentos biológicos. Las consideré buenas. Nunca tuve celos de Rostand ni de Leclerc.

Me parece que empecé a mejorar. (El enfermo vive en un continuo vaivén de ilusiones y desilusiones.) Durante el día ya no cavilaba tanto sobre el próximo ataque; las noches eran menos angustiosas. Una mañana, muy temprano, me despertó el timbre de la puerta de calle. Al abrir, me encontré con Massey que según entendí llegaba de Francia, directamente, sin pasar por su casa. Le pregunté si la había visto. Contestó que sí. Hubo un silencio tan largo, que me pregunté si el hecho de que Massey estuviera ahí presente se relacionaría de algún modo con Daniela. Entonces me dijo que viajó con el único propósito de anunciarme que se habían casado.

La sorpresa, la turbación, no me dejaban hablar. Por último aduje que tenía hora con el médico. Yo estaba tan mal, que debió de creerme.

No dudé nunca de que Massey había obrado de buena fe. Debía de figurarse que no me quitaba nada, pues yo me había alejado de Daniela. Cuando me dijo que su casamiento no sería obstáculo para que los tres nos viéramos como antes, debí explicarle que mejor sería pasar un tiempo sin vernos.

No le dije que su matrimonio no iba a durar. A esta convicción no llegué por despecho, sino por conocimiento de las personas. Es claro que el despecho me consumía.

A los pocos meses oí la noticia de que se habían separado. Ninguno de los dos volvió a Buenos Aires.

En cuanto al restablecimiento aquel (uno de tantos), resultó ilusorio, de modo que yo seguía arrastrando una vidita en que los ataques de fiebre alternaban con los períodos de esperanzada recuperación.

Los años se fueron rápidamente. Quizás habría que decir insensiblemente: nada menos que diez, arrastrados por la vertiginosa repetición de semanas casi iguales. Dos hechos probaban, sin embargo, la realidad del tiempo. Una nueva mejoría de mi salud (entendí que era *la* mejoría) y un nuevo ensayo por parte de Massey y Daniela de vivir juntos. Tantos meses yo había pasado sin fiebre, que me pregunté si estaba sano; Massey y Daniela estuvieron separados tantos años, que la noticia de que volvían a reunirse me sorprendió.

Para afianzar mi restablecimiento pensé que debía salir de la rutina, romper con el pasado. Quizás un viaje a Europa fuera la mejor solución.

Visité al médico. Largamente cavilé sobre la frase que emplearía para comunicarle mis planes. No quería dar pie a una posible objeción. En realidad temía que por buenas o malas razones me disuadiera.

Sin levantar los ojos de mi historia clínica murmuró:

—Me parece una idea excelente.

Me miró como si quisiera decirme algo, pero la campanilla del teléfono lo distrajo. Tuvo una larga conversación. Mientras tanto recordé, con un poco de asombro, que en mi primera visita había visto ese consultorio como parte de un mal sueño y al médico (lo que ahora parecía increíble) como un enemi-

go. Al recordar todo esto me sentía muy seguro, pero de pronto se me ocurrieron preguntas que me
alarmaron: "¿Qué me querrá decir? ¿Yo podría jurar
que sus palabras fueron 'una idea excelente'? Y si lo
fueron, ¿no las habrá dicho con intención irónica?"
Se acabó la ansiedad cuando cortó la comunicación
y explicó:

—La parte anímica tiene su importancia. En este
momento un viaje por Europa te caerá mejor que todos los medicamentos que yo pueda recetarte.

Diversas circunstancias, entre las que un tempo-
rario fortalecimiento de nuestro peso fue la princi-
pal, permitieron que emprendiera ese viaje. Parecía
que el destino me ayudaba.

Pensé que el agrado de demorarme indefinida-
mente en casi cualquier lugar del mundo me impe-
diría caer en el clásico turismo de las agencias: dos
días en París, una noche en Niza, almuerzo en Gé-
nova, etcétera; pero una impaciencia, como de quien
se afana en busca de algo o está huyendo (¿para que
la enfermedad no lo alcance?), me obligaba a reto-
mar el viaje al otro día de llegar a los sitios más agradables. Seguí en mi absurdo apuro hasta una tarde
de fines de diciembre, en que por un canal, en una
góndola (ahora me pregunto si no fue en una lancha
cargada de turistas y equipaje ¡qué importa!), entré
en Venecia y me encontré en un estado de ánimo en
que se combinaban, en perfecta armonía, la exalta-
ción y la paz. Exclamé:

—Aquí me quedo. Esto era lo que buscaba.

Bajé en el hotel Mocenigo, donde me habían reservado un cuarto. Recuerdo que dormí bien, ansioso de que llegara el día, para levantarme y recorrer Venecia. De repente me pareció que la tenue luz encuadraba la ventana. Corrí, me asomé. "El amanecer refulgía en el Gran Canal y sacaba de las sombras el Rialto." Un frío húmedo me obligó a cerrar y a refugiarme entre las mantas.

Cuando me pareció que había entrado en calor salté de la cama. Tras un ligero desayuno me di un baño bien caliente y, sin más demora, salí a recorrer la ciudad. Por un instante me creí en un sueño. No, fue más extraño aún. Sabía que no soñaba, pero no encontraba explicación para lo que veía. "A su debido tiempo todo esto va a aclararse", me dije sin mayor convicción, porque seguía perplejo. Mientras dos o tres gondoleros reclamaban mi atención con gritos y ademanes, en una lancha se alejaba un arlequín. Resuelto, no sé muy bien por qué, a no traslucir mi asombro, con indiferencia pregunté a uno de los hombres cuánto cobraba por un viaje al Rialto y entré con paso vacilante en su góndola. Partimos en dirección opuesta a la que llevaba la máscara. Mirando los palacios de ambos lados del canal reflexioné: "Parecería que Venecia fue edificada como una interminable serie de escenarios, pero ¿por qué, lo primero que veo, al salir de mi hotel, es un arlequín? Tal vez para convencerme de que estoy en un teatro y subyugarme aún más. Es claro que si de pronto me encontrara con Massey le oiría decir que todo en este mundo es gris y mediocre y que Venecia me deslumbra porque yo vine dispuesto a deslumbrarme".

Fue necesario que me cruzara con más de un dominó y un segundo arlequín para recordar que estábamos en carnaval. Le dije al gondolero que me extrañaba la abundancia de gente disfrazada a esa hora.

Si entendí bien (el dialecto del hombre era bastante cerrado) me contestó que todos iban a la Plaza
San Marcos, donde a las doce había un concurso de
disfraces, al que yo no debía faltar, porque allá se reu-
nirían las más lindas venecianas, que eran famosas
en todo el mundo por su belleza. Tal vez me tuviera
por muy ignorante, porque nombraba, silabeando
para ser más claro, las máscaras que veía.

—Po-li-chi-ne-la. Co-lom-bi-na. Do-mi-nó.

Desde luego pasaron algunas que yo no hubiera
reconocido: *Il dottore,* con lentes y nariz larga, *Me-
neghino,* con una corbata de tiras blancas, otra francamente desagradable: *la peste* o *la malattia,* y una
que no recuerdo bien, llamada *Brighella* o algo así.

Bajé a tierra cerca del puente del Rialto. En el co-
rreo despaché una tarjeta para el médico *(Querido*
dottore: *Viaje espléndido. Yo muy bien. Saludos)* y
por la calle de la Merceria me encaminé hacia la Plaza San Marcos, mirando las ocasionales máscaras,
como si buscara alguna en particular. Por algo se dice que si nos acordamos de una persona al rato la encontramos. En un puente, cerca de una iglesia, San
Giuliano o Salvatore, casi me llevo por delante a
Massey. Con espontánea efusividad le grité:

—¡Vos acá!

—Hace tiempo que vivimos en Venecia. ¿Cuándo llegaste?

No le contesté en seguida, porque ese verbo en plural me cayó desagradablemente. Bastó la alusión a Daniela para sumirme en la tristeza. Yo creía que las viejas heridas habían cicatrizado. Por fin murmuré:

—Anoche.

—¿Por qué no te venís con nosotros? Hay cuartos de sobra.

—Me hubiera gustado, pero mañana viajo a París —mentí para no exponerme a un encuentro que no sabía cómo me afectaría.

—Si mi mujer sabe que estuviste en Venecia y que te vas sin verla, no me perdonará. Esta noche dan *Lorelei* de Catalani, en La Fenice.

—No me gusta la ópera.

—¿Qué importa la ópera? Lo que me importa es pasar un rato juntos. Vení a nuestro palco. Te vas a divertir. Hay función de gala, por el carnaval, y la gente va disfrazada.

—A mí no me gusta disfrazarme.

—Muy pocos hombres lo hacen. Las que van disfrazadas son las mujeres.

Debí de pensar que ya había hecho bastante de mi parte y que si Massey insistía, no podría negarme por mucho tiempo. Creo que en ese momento descubrí que el secreto estímulo de mi viaje había sido la esperanza de encontrar a Daniela y que, sabiéndola en Venecia, la idea de partir sin verla me parecía una renuncia muy superior a mis fuerzas.

—Te buscamos en tu hotel —dijo.

—No, voy por mi lado. Dejame la entrada en la boletería.

Insistió en que fuera puntual, porque si llegaba después del primer acorde no entraría hasta el fin del acto. Sentí impulsos de preguntar por Daniela, pero también aprensión y disgusto de que Massey la nombrara. Nos despedimos.

Por cierto no me acordé más del concurso de disfraces. Pensar en Daniela y en la emoción de verla fueron mis únicas preocupaciones. De vez en cuando me llegaba, en dolorosas puntadas, la conciencia de lo que estaba en juego en la entrevista. Después de todo lo que sufrí, reavivaría una pena que, si no había desaparecido, se había acallado. ¿Alentaba alguna ilusión de encontrar el modo, en un rato, en un palco, en una función de ópera, de recuperar a Daniela? ¿Le haría eso a Massey? Para qué plantearme una posibilidad que no existía... Es claro que bastaba la expectativa de ver a Daniela, para que la suerte estuviera echada.

Cuando llegué, la función había empezado. Un acomodador me condujo hasta el palco, que era de los llamados balcones. Al entreabrir la puerta lo primero que vi fue a Daniela, vestida de dominó, comiendo chocolates. A su lado estaba Massey. Daniela me sonreía y, detrás del antifaz, que no se quitó, como yo hubiera deseado, brillaban sus ojos. Me susurró:

—Acercá una silla.

—Estoy bien acá —le dije.

Para no hacer ruido, me senté en la primera silla que encontré.

—No vas a ver nada —dijo Massey.

Yo estaba perturbado. Pasaba de la alegría a un sordo fastidio por la presencia de Massey en el palco. Una soprano empezó a cantar:

Vieni, deh, vieni

y Daniela, como fascinada, se volvió hacia el escenario y me dio la espalda. Injustamente, sin duda, pensé que la mujer de mi vida, al cabo de una separación interminable, me había concedido (creo que la palabra adecuada es *prestado*) su atención por menos de un minuto. Lo más extraordinario, tal vez lo más triste, era que yo reaccionaba con indiferencia. Tan distante me sentía que pude enterarme de los desgraciados amores de Ana, de Walter y de Lorelei, que por despecho y para obtener poderes mágicos se casa con un río (si mal no recuerdo, el Rhin). En un primer momento la única similitud que advertí entre la historia que se desarrollaba en el escenario y la mía fue la de envolver a tres personas; no necesité más para seguirla con notable interés. A ratos, es verdad, me abstraía en mi desconcierto… Me encontraba en una situación imprevista, que me escandalizaba: Daniela y yo nos mirábamos como extraños. Algo peor, quería irme. Cuando llegó el entreacto, Daniela preguntó:

—¿Quién es el ángel que me trae más chocolates como éstos? Los venden acá enfrente, en el bar de la plaza.

—Yo voy —me apresuré a contestar.

Con disgusto oí la voz de Massey que anunciaba:

—Te acompaño.

Rodeados de máscaras y de señores de etiqueta, lentamente bajamos por la escalera de mármol. Echamos a correr al salir del teatro, porque en la placita hacía demasiado frío. En el bar, Massey eligió una mesa contra la puerta. Entraron una muchacha vestida de dama antigua, con miriñaque, un "noble" y un "turco"; divertidos con la conversación, se demoraban en la puerta entreabierta.

—Esta corriente de aire no me gusta —dije—. Cambiemos de mesa.

Nos mudamos a una del fondo. En seguida tomaron nuestro pedido: para mí un *strega*, para Massey un café y los chocolates. Casi no hablamos, como si hubiera un solo tema y estuviera vedado. En el momento de pagar no quedaban mesas desocupadas; por más que los llamáramos, los mozos pasaban de largo. El frío había traído a la gente. De pronto, en el rumor de las conversaciones, se oyó con nitidez una voz inconfundible y los dos miramos hacia la puerta de entrada. No sé por qué me pareció que tuvimos una brevísima vacilación, como si cada cual sintiera que el otro lo había sorprendido. En nuestra primera mesa (le habían arrimado otras) vi arlequines, colombinas y dos o tres dominós. En el acto supe cuál era Daniela. El brillo de sus ojos, que miraban desde el antifaz, no dejaba lugar a dudas.

Con visible nerviosidad, Massey consultó el reloj y anunció:

—Está por empezar. —Mentalmente pedí que no insistiera con la historia de que si llegábamos tarde

no entraríamos. Lo que dijo me enojó más. —Espe-
rame en el palco.

"Qué se cree, sacarme de en medio, porque vino
Daniela", pensé, indignado. Después de un instante recapacité: cada cual veía las cosas a su modo y a
lo mejor Massey se consideraba con todos los derechos; porque se casó con ella cuando la dejé partir.
Dije:

—Yo le llevo los chocolates.

Me los dio, vacilando, como si mi pedido lo des-
concertara. Cuando llegué a su mesa, Daniela me miró en los ojos y murmuró:

—Mañana, a esta hora, aquí mismo.

Dijo también otra palabra: un sobrenombre, que
sólo ella conocía. En un halo de felicidad salí del bar.
Como si un velo se descorriera, me pregunté por qué
tardé tanto en comprender que en el palco Daniela
se había mostrado distante por disimulo. De pronto
descubrí que no le había dado los chocolates y ya me
volvía cuando reflexioné que al reaparecer con ellos
quizás agregara un toque ridículo a un momento
maravilloso. De algo estoy seguro: no me demoré
en la plaza, porque hacía frío, y en La Fenice me encaminé directamente a nuestro palco. Por eso me
asombró ver allí a Daniela, sentada como la dejé un
rato antes, acodada en el terciopelo rojo de la baranda. Se diría que en todo ese tiempo no había
cambiado de posición. Atiné a alcanzarle los chocolates, pero en verdad me hallaba muy aturdido.
Una sospecha, una estúpida corazonada (recordaba
que Massey a la mañana no había dicho "Daniela",

sino mi "mujer") de pronto me impulsó a pedirle que se quitara el antifaz. Para serenarme fijé la atención en las evoluciones de sus manos, que primero corrieron hacia atrás la capucha del dominó y en seguida acomodaron el pelo ligeramente desordenado. Cómo extrañé otros tiempos. No era necesario, pensé, que se quitara el antifaz, porque sólo ella tenía esa gracia; me disponía a disuadirla, pero ya Daniela estaba con la cara descubierta. Aunque siempre la había recordado como incomparable, como única, la perfección de su belleza me deslumbró. Murmuré su nombre.

Me arrepentí muy pronto. Había pasado algo extraño: esa palabra tan querida, ahí, en ese momento, me entristeció. El mundo se me volvió incomprensible. En medio de la confusión tuve una segunda corazonada, que me provocó un vivo desagrado: "¿Gemelas?" Entonces, como si vislumbrara una sospecha y quisiera aclararla cuanto antes, me incorporé cautelosamente, para no ser oído, me deslicé al pasillo, pero al trasponer la puerta me pregunté si no me equivocaba, si no me portaba mal con Daniela. Me volví y susurré:

—Ya vuelvo.

Corrí por la galería en herradura, que rodea los palcos. En el preciso instante en que me precipitaba escalones abajo, vi a Massey, subiendo lentamente y me oculté detrás de un grupo de máscaras. Si me preguntaban "¿Qué hace ahí?" no hubiera encontrado una contestación aceptable. Quizá no advirtieron mi presencia. Antes que Massey llegara a la entrada del palco, me abrí paso entre las máscaras y bajé corriendo. Como quien se tira al agua helada, salí a la placita. En cuanto llegué al bar noté que había menos gente y que la silla de Daniela estaba vacía. Hablé con una muchacha disfrazada de dominó.

—Acaba de irse, con Massey —me dijo, y debió notar mi confusión, porque agregó solícitamente: —Muy lejos no estará... A lo mejor la alcanza por la calle Delle Veste.

Emprendí la busca firmemente resuelto a sobreponerme a todas las dificultades y a encontrarla. Porque estaba sano podía volcar mi voluntad en ese único propósito. Probablemente me daba fuerzas el ansia impostergable de recuperar a Daniela, a la verdadera Daniela, y también un impulso de probar que la quería y que si alguna vez la había dejado no fue por desamor. De probarlo ante Daniela y ante el mundo. Por la segunda calle doblé a la derecha; me pareció que por ahí doblaban todos. Sentí un dolor, un golpe, que me cortaba la respiración: era el frío. He descubierto que si me acuerdo de la enfermedad me enfermo y, para pensar en otra cosa, me dije que nosotros no éramos tan valientes como los venecianos; en una noche así, los porteños no andamos por las calles. Trataba de conciliar la necesidad de apurar el paso, con la de mirar detenidamente, en la medida de lo posible, a las mujeres de negro y, desde luego, a las vestidas de dominó. Frente a una iglesia, estuve seguro de reconocerla. Al acercarme descubrí que era otra. El desengaño me produjo malestar físico. "No debo perder la cabeza", me dije. Seguramente para no acobardarme pensé que era gracioso cómo, sin querer, expresaba literalmente lo que sentía: en efecto, mantuve el equilibrio con dificultad.

No quería llamar la atención ni apoyarme en el brazo de nadie, por temor de tropezar con algún comedido que me demorara. Cuando pude retomé el camino. Procuraba adelantarme a la interminable corriente de los que iban en igual rumbo y de esquivar a los que venían en el sentido contrario. Me afanaba por buscar la mirada y observar las facciones visibles de toda mujer disfrazada de dominó. Aunque me desvivía, eran tantas que más de una se me habrá pasado por alto. La imposibilidad de mirarlas a todas significaba un riesgo al que no me resignaba. Me abrí paso entre la gente. Un arlequín se hizo a un lado, se echó a reír y me gritó algo, parodiando tal vez a los gondoleros. La verdad es que yo me veía a mí mismo como un barco que se abría camino con la proa. En esa imagen de sueño mi cabeza y la proa se confundían. Llevé una mano a la frente: quemaba. Empecé a explicarme que por extraño que pareciera los golpes de las olas originaban el calor y perdí el conocimiento.

Vinieron luego días confusos, de soñar cuando dormía y cuando despertaba. A cada rato me creía realmente despierto y confiaba en que se disiparían del todo esos sueños, tan molestos por lo persistentes. Muy pronto llegaba el desengaño, tal vez porque hechos reales, difíciles de admitir y que me preocupaban, provocaron (con la fiebre, que también era real) nuevos delirios.

Para que todo fuera angustiosamente incierto, no reconocí el cuarto en que me encontraba. Una mujer, que me atendía con maternal eficacia y a la que yo no había visto nunca, me dijo que estábamos en el hotel La Fenice. La mujer se llamaba Eufemia; yo le decía Santa Eufemia.

Creo que en dos ocasiones me visitó un doctor Kurtz. En la primera me explicó que vivía "aquí nomás, en el corazón de Venecia", en no sé qué número de la calle Fiubera y que si lo necesitaba lo llamara a cualquier hora de la noche. En la segunda me dio de alta. Cuando salió reparé en que no le había pedido la cuenta, lo que me trajo una nueva inquietud, porque temía no recordar bien su dirección, olvidarme de pagar o no encontrarlo, como si fuera un personaje de un sueño. En realidad era el típico médico de familia, de esos que había en otras épocas. Tal vez resultara un poco irreal en la nuestra, pero ¿hay algo en Venecia que no sea así?

Una tarde le pregunté a Eufemia cómo llegué al hotel La Fenice. Me contestó con evasivas e insistió enfáticamente en que hasta dos veces diarias durante la fiebre, el señor y la señora Massey me habían visitado. Inmediatamente recordé las visitas o, mejor dicho, vi en un sueño muy nítido a Massey y a Daniela. Lo peor de la fiebre (y al respecto, todo seguía igual) era la autonomía de las imágenes mentales. El hecho de que la voluntad no tuviera poder sobre ellas, me angustiaba, como un principio de locura. Esa tarde pasé de recordar alguna de las visitas de los Massey, a verlos como si estuvieran sentados al lado de mi cama de enfermo, y a ver a Daniela comiendo chocolates en el palco, y después a una máscara, con antifaz, reclinada sobre mí, que me hablaba y que identifiqué fácilmente. Revivir o soñar la escena me perturbó tanto que al principio no oí las palabras de la máscara. En el preciso momento en que yo estaba pidiéndole que por favor las repitiera, desapareció. Massey había entrado en el cuarto. La desaparición me desconsolaba, porque yo prefería tener a Daniela en sueños, a encontrarme sin ella; pero la presencia de Massey me despertó del todo: un alivio tal vez, porque empecé a sentirme menos extraviado. Mi amigo me habló con su habitual franqueza, como si yo estuviera sano y pudiera enfrentar la verdad. Traté de corresponder esa prueba de confianza. Me dijo algo que desde luego yo sabía: que después de mi alejamiento, Daniela no fue la misma mujer de antes. Aclaré:

—Nunca la he engañado.

—Es cierto. Y reconoce que no creyó del todo en tu enfermedad hasta que te encontró aquí a la vuelta, tirado en la calle.

Me enojé de pronto y dije:

—Pretende resarcirme con una buena enfermera y un buen médico.

—No le pidas lo que no puede darte.

—¿Sabés lo que pasa? No entiende que la quiero.

Me contestó que no fuera presuntuoso, que ella también me quería cuando la dejé. Protesté:

—Yo estaba enfermo.

Dijo que el amor pedía lo imposible. Agregó:

—Como ahora lo estás probando, con tus exigencias de que vuelva. No volverá.

Le pregunté por qué estaba tan seguro, y me dijo que por experiencia propia. Exclamé con mal contenida irritación:

—No es lo mismo.

Contestó:

—Desde luego. Yo no la abandoné.

Lo miré asombrado, porque por un instante creí que se le quebraba la voz. Me aseguró que Daniela sufrió mucho, que después de lo que pasó conmigo ya no podía enamorarse, por lo menos como antes.

—Para toda la vida, ¿comprendés?

No me contuve. Dije:

—A lo mejor todavía me quiere.

—Es claro que te quiere. Como a un amigo, como al mejor amigo. Y podrías pedirle que haga por vos lo que hizo por mí.

Massey había recuperado el aplomo. En un tono de lo más tranquilo se puso a dar explicaciones horribles, que yo no quería oír y que en la debilidad de mi convalecencia entendí apenas. Habló de los llamados hijos carbónicos, o clones, o dobles. Dijo que Daniela, en colaboración con Leclerc, había desarrollado de una célula suya (creo que empleó la palabra célula pero no puedo afirmarlo) hijas idénticas a ella. Ahora pienso que tal vez fuera una sola (bastaba una, para la pesadilla que Massey me comunicaba) y que logró acelerar el crecimiento con tal intensidad que en menos de diez años la convirtió en una espléndida mujer de diecisiete o dieciocho años.

—¿Tu Daniela? —pregunté con inesperado alivio.

—Parece increíble, pero realmente es una mujer hecha a mi medida. Idéntica a la madre pero, ¿cómo decirte?, tanto más adecuada a un hombre como yo. Te voy a confesar algo que te parecerá un sacrilegio: por nada la cambiaría por la original. Es idéntica, pero a su lado vivo con otra paz, con genuina serenidad. Si supieras cómo son realmente las cosas, me envidiarías.

Para que no insistiera en lo que yo debía pedir a Daniela, declaré:

—No me interesa una mujer idéntica. La quiero a ella. —Me replicó tristemente pero con firmeza:

—Entonces no conseguirás nada. Daniela me dijo que al ver tu cara en el bar comprendió que seguías queriéndola. Piensa que reanudar un viejo amor no tiene sentido. Para evitar una discusión inútil, cuando le dijeron que no corrías peligro, se fue en el primer avión.

Historia desaforada

Mientras me preparan el té (ojalá que venga bien caliente) voy a probar este grabador; sería lamentable que por negligencia mía o por inconveniente mecánico se perdieran las declaraciones del profesor Haeckel. Como el tecito se hace esperar, diré unas palabras que a lo mejor sirven de introducción.

Haeckel es un personaje raro, que el público ignora y que unos pocos biólogos, los más famosos, respetan. Puedo asegurar que rehúye a los periodistas. Cuando el secretario de redacción me ordenó, desde Buenos Aires, que lo entrevistara, empecé una persecución por toda Europa, que duró un año.

Hoy a la tarde salí de Ginebra, seguro de que allá no estaba el profesor, pero no de seguir una buena pista. Pasé por Brigue, subí un camino de montaña y, al caer la noche, me encontré casi perdido en una tormenta de nieve. A mi izquierda aparecieron, súbitamente, unas luces. Cuando leí *Se venden cadenas* detuve el automóvil.

Me las vendió un individuo que estaba en la
puerta de un bar. Le dije que las colocara y entré a tomar un vaso de aguardiente, con una aspirina, porque tenía fiebre. Además, me dolía la cabeza, me dolía la garganta, estaba engripado. En el mostrador me
vi rodeado de parroquianos, sin duda campesinos,
que me miraban de reojo, hablaban entre ellos y no
ocultaban ocasionales risotadas. "Éstos son los
hombres sabios del tango", pensé. Les pedí consejos
para manejar mi coche, a través de la tormenta de
nieve, por la montaña. Creo que nadie me contestó.
Recordé historias contadas por mi padre, de cómo
nuestros gauchos se mofaban de los extranjeros y, si
podían, los precipitaban en el error. Aunque yo no
esperaba ningún socorro, expliqué:

—Voy a seguir por el camino del Simplón, hasta
Domodossola y Locarno.

Uno preguntó en voz alta:

—¿Le decimos que si llega a sentirse muy solo en
la montaña pare en Gabi?

—En casa del profesor —respondió otro—. Allá
va a encontrar buena compañía.

La ocurrencia los alegró sobremanera. Todos hablaron; nadie se acordó de mí. Salí de ese bar, palpé
las cadenas para comprobar si estaban bien ajustadas
y continué el viaje, por angostos caminos rodeados
de precipicios, en medio de una tormenta de nieve
que no me permitía ver por dónde avanzaba.

Después de una interminable hora de marcha
lentísima, en que atravesé túneles, oí el rumor de
ca·adas y me pareció ver edificios iluminados que

en un instante se disolvían en la noche, sucedió algo que no entiendo bien. Un enorme bulto blanco embistió con fuerza el lado derecho del auto, lo hizo tambalear, lo proyectó contra la montaña a pique. Si la embestida hubiera venido del lado izquierdo, yo no me salvaba del precipicio. Aceleré. Gracias a las cadenas, el coche se afirmó, retomó el camino. Me faltó valor para detenerme y averiguar qué pasó. Fue como si me llegara entonces todo el miedo de estar solo, en parajes desconocidos, en esa noche espantosa. Tenía tanta fiebre que soñaba despierto y tal vez confundía sueños con realidad. Pensar que yo me he jactado de no perder nunca la cabeza.

En un valle, que de pronto se abrió en la montaña abrupta, divisé una casa apenas iluminada. Me dije: "No doy más", tomé un sendero lateral y detuve el coche junto a la casa. Era un chalet, un caserón suizo, de techo de dos aguas. En el frente, en letras coloreadas que se entrelazaban con los angelotes de un fresco, leí la palabra *Gabi*.

Sacudí el llamador. Por último corrieron el visillo y, desde adentro, me examinaron con una linterna. Oí un sucesivo abrir de cerrojos. Instantes después me llevé una gratísima sorpresa: tenía ante mí al profesor Haeckel.

El profesor, hombre menudo, movedizo, de cabeza grande para el cuerpo, afablemente me pidió que entrara y, en cuanto obedecí, cerró la puerta con varios cerrojos, "para que no entrara también el frío". Me encontré en un espacioso hall, sin muebles, que a pesar de que yo venía de afuera me pareció destemplado. Una escalera, de roble probablemente, llevaba al piso alto. Haeckel dijo:

—Qué noche. Por su cara se ve que está cansado
y con frío. Venga a mi escritorio.

Abrió una puerta, pasamos, la cerró. Quizá porque el cuarto es chico, o porque no tiene más aberturas que esa puerta, la ventana y la chimenea, donde arden troncos de pino, por primera vez en la
noche me sentí reconfortado y seguro. Me acerqué a
la ventana, entreabrí la cortina, vi la negrura de la noche, unas rejas blancas y, en sesgo, leves pintas de
nieve.

—Cierre esa cortina. Da frío mirar la noche —dijo, sonriendo—. Por favor, siéntese junto al fuego,
mientras voy a preparar un té.

Cuando quedé solo me dije: "La noche, que empezó amenazadora, concluye bien". No quiero exagerar, pero aparentemente he olvidado (mi organismo ha olvidado) la gripe.

Ahora el profesor me trae el té. Vamos a empezar
la entrevista.

—¿Puedo preguntar lo que se me ocurra?

—Lo que se le ocurra.

—¿Usted se considera un hombre contradictorio?

—Yo diría más bien voluble. Impulsivo.

—Durante un año se me escapó y ahora, cuando
lo encuentro, parece contento de verme.

—Ya le dije: soy impulsivo. Usted me atrapó y,
por el trabajo que le di, siento que le debo algo. En
lugar de abatirme, celebro la nueva situación.

—¿Es optimista?

—Inestable y, también, bastante indiscreto. Como creo que todo es precario, no doy a nada mucha importancia, lo que suele costarme caro. Encontrar el lado cómico de las situaciones me reconcilia con el mundo y con mi destino.

—¿Se queja de su destino?

—No, aunque en el destino de un aprendiz de brujo hay altibajos.

—¿Se considera aprendiz de brujo?

—Como cualquier investigador que realmente contribuye al progreso de la ciencia.

—¿Por qué rehúsa las entrevistas? ¿Es tímido? ¿O no quiere quitar tiempo a su trabajo?

—No veo por qué tiene que ser por una de esas razones.

—No las llame razones. Son pretextos. Tanta gente hoy en día rehúye las entrevistas, que me pregunto si no hay que pensar en una epidemia o en una moda.

—En mi caso, no.

—A todos nos duele admitir que el impulso de imitación nos maneja. Para el sociólogo Tarde, es el motor de la sociedad.

—A lo mejor ese Tarde tiene razón, pero yo evito a los periodistas por un motivo serio. Para mí al menos.

—Dígalo.

—No, no puedo.

—Me parece que al llamarse indiscreto faltó a la verdad.

—Bueno. Seamos consecuentes: nada importa nada. Se lo diré: alguien quiere matarme.

—De modo que mientras yo lo buscaba para entrevistarlo, usted huía de otro.

—Exactamente.

—¿Cómo voy a creer eso?

—Evito a los periodistas porque son tan indiscretos como yo. Aunque no se lo propongan, dan indicios y orientan al hombre que me busca.

—Un personaje bastante increíble.

—Él será increíble, pero usted es presuntuoso. Dice que me alegré de verlo. ¿Por qué voy a alegrarme de ver a una persona que no conozco?

—Me pareció que se alegraba.

—Puede ser, pero no de verlo a usted. De no ver al otro.

—Y ¿por qué ese otro quiere matarlo?

—Como se ha dicho, nuestras culpas nos persiguen. Primero fui médico y sólo después me dediqué a la investigación. Entre mis pacientes, había uno al que yo llamaba el Buey. Era un hombre viejo, alto, fuerte, serio, de poca inteligencia y ningún sentido del humor. Creía firmemente en sí mismo y en unas pocas personas, entre las que me contaba. Como era perseverante, con tiempo y trabajo se labró una situación que llegó a ser sólida, cuando ya no le quedaban muchos años para gozarla. Un día el Buey me recordó una frase que yo habría dicho en su primera visita a mi consultorio: "En cualquier situación, aun en las que no tienen salida, la inteligencia encuentra el agujerito por donde podemos escapar". El Buey agregó que por esa frase vivió con esperanza.

—¿No temió defraudar a un hombre tan crédulo?

—Parece que también en esa primera entrevistas el Buey me dijo que una situación sin salida era la vejez, y que yo contesté: "Lo que no impide que un día la tenga". Por si fuera poco, prometí buscarla.

—No se queje. Prometió demasiado.

—Ya verá. Un día le anuncié que había encontrado el tratamiento... Créame, aún hoy, después de todas las cosas malas que nos alejaron, recordar la cara del pobre hombre en esa hora de esperanza, me conmueve un poco. Para llamarlo a la realidad, le advertí que no había hecho ensayos. Ni siquiera con animales. Me dijo que no le quedaba tiempo para esperar, que probara con él. Cuando le hablé de posibles efectos enojosos, me hizo una pregunta que yo había previsto. Dijo: "¿Peores que la muerte?" Pude asegurarle que no.

—Y convertir al Buey en conejito de India. Pero ¿hay o no hay tratamiento?

—¿También usted quiere convertirse en conejito?

—Por ahora me contentaría con saber en qué consiste el tratamiento y cómo lo descubrió.

—Partí de una reflexión. Para devolver la juventud, debía saber dónde encontrarla. La juventud flamante, sin deterioro, sólo existe en organismos que crecen. Al cesar el crecimiento, empieza el declive hacia la vejez. Aunque no lo notemos, ni lo noten otros.

—¿Usted detectó hormonas que fuera del período del crecimiento no se encuentran?

—Digamos que aislé elementos que después del crecimiento no actúan.

—¿Los aisló y los inyectó en su paciente?

—Pensé que un organismo viejo, aunque sólido, requería una dosis fuerte.

—¿A qué llama una dosis fuerte?

—La que actúa en cualquier chico de dos años. Entienda: podía apostar a la expansión o a la juventud. Aposté a la juventud y ganamos.

—¿Qué pasaba si ganaba la expansión?

—El Buey hubiera estallado como el sapo de La Fontaine.

—¿No estalló?

—Prevaleció la juventud. El organismo toleró ese embate generalizado. Es verdad que tuve la precaución de fortalecer los cartílagos.

—¿Debo entender que su paciente recuperó la juventud y está feliz?

—Feliz, no. Hubo una considerable expansión que el Buey, como le dije, toleró bien. Físicamente, le pido que me entienda, porque su ánimo no se repuso.

—¿Usted cree que se va a reponer?

—Lo dudo.

—¿Su paciente no toma las cosas demasiado a pecho?

—Yo diría que el cambio lo sorprendió.

—¿Un cambio para bien?

—En un aspecto, el de la juventud, desde luego;

pero está el otro. Póngase en su lugar. Considere que un niño de dos años triplica su tamaño.

—¿No me diga que el pobre hombre lo triplicó?

—¿Cómo se le ocurre? Para eso deberán pasar dieciocho o veinte años; sólo pasaron cinco. Ya es enorme.

—¿Más de dos metros?

—Mucho más. Piense que el Buey creció como un niño de dos años que midiera un metro ochenta...

—Pobre hombre. ¿Está disgustado?

—Está verdaderamente triste. Quizás imaginó que los malos efectos de que le hablé serían vértigos o una erupción en la piel. Como todo el mundo, cree que el mal que lo aqueja es el peor. Llegó a pedir que le diera algo para detener el crecimiento.

—¿Se lo dio?

—Le receté placebos, remedios inocuos. Usted sabe: *aqua fontis, panis naturalis*. Ya había experimentado en exceso con las glándulas de su organismo. Traté, eso sí, de acompañarlo, de confortarlo.

—Me parece bien de su parte.

—Pero comprenda: cierto gigantismo equivale al destierro. Para mi paciente no hay mujeres, ni cines, ni camas, ni automóviles, ni casas. ¡Los departamentos modernos tienen techos tan bajos! Además, el pobre Buey es un hombre tímido. Que lo vean le da vergüenza.

—Tuvo suerte de contar con un médico muy compasivo.

—Hasta cierto punto, nomás, hasta cierto punto. En esta vida precaria nada dura, ni siquiera nues-

tros buenos sentimientos. Llegó el día en que me
cansé de la compasión y eché todo a la broma.

—¿Ante su propia víctima?

—Sí, una barbaridad. El Buey, en una de mis visitas, porque ahora yo lo visitaba, me dijo que mientras le alcanzara el dinero se confinaría en su casa,
pero que probablemente en un futuro no demasiado lejano tendría que trabajar.

—¿De qué?

—Eso mismo le pregunté yo. Me dijo: "De monstruo de circo". Su respuesta me pareció tan apropia-
da y tan absurda, que tuve ganas de reír. Le dije: "A
veces me parece que se queja por gusto. Muchos su-
fren por ser enanos. Por ser alto, nadie". Se disponía
a contestar, porque pensaba que yo hablaba en serio,
pero al ver mi cara vaciló, como si no pudiera creer
que yo bromeara con su desgracia. Después de mirarme desconcertado, me agarró del pescuezo y me
sacudió como un pajarito.

—Sacudido por ese gigante ¿quién no parecerá un
pajarito?

—Yo más que otros. Por casualidad me salvé de
que me matara. Me dejó desvencijado y dolorido.

—¿Volvió a verlo?

—Claro. Quizás usted tenga razón y yo sea un
hombre contradictorio. Primero hago crecer al Buey
y después me siento culpable. Conozco mis defectos, pero no siempre los corrijo.

—Todos somos iguales. Cuénteme cómo fueron
esas entrevistas.

—El Buey, que es un hombre obstinado, mantuvo su resentimiento. Las entrevistas fueron penosas para ambos. Sin llegar a suprimirlas del todo, las espacié. Entonces noté en mí una reacción poco atractiva.

—¿Qué notó?

—Cuando estaba con él me sentía compungido, casi avergonzado de haber provocado su desgracia. Pero bastaba que no lo viera durante dos o tres días para olvidar culpa y dolor. Hasta me sentí inclinado a celebrar el lado cómico de la historia.

—Aun si hay lado cómico, no creo que usted sea el indicado para celebrarlo.

—Si por lo menos lo hubiera hecho en el secreto de la conciencia…

—¿Lo ofendió?

—Vino un periodista. Cuando son inteligentes, me siento cómodo con ellos y me parece una mezquindad no hablarles abiertamente. Mi convicción de que todo es precario me lleva a pensar que el porvenir también lo será y que nada tiene importancia. Creo, eso sí, en cada momento, como si fuera un mundo, el último mundo definitivo, y digo toda mi verdad.

—Me gustaría saber cómo esas reflexiones generales repercutieron en su conversación con mi colega.

—Irreparablemente. Hice bromas y confidencias. Fui indiscreto. ¿A que no sabe qué dije?

—No.

—Dije que desde el principio preví el crecimiento de mi paciente y que dominado por la curiosidad, y porque la situación me divertía, llevé el experimento hasta las últimas consecuencias.

—¿El Buey le metió pleito?

—No.

—Menos mal.

—Mucho peor. Me llamó para decirme que había leído en el diario la entrevista y que iba a matarme. Dijo: "Porque durante buena parte de la vida lo respeté, ahora no quiero tomarlo de sorpresa. Está prevenido".

—¿Usted qué hizo?

—Las valijas. Me fui en el primer avión. El Buey me siguió, según me explicaron, en avión de carga. Recorrimos toda Europa. Hasta ahora, yo siempre a la cabeza, aunque seguido de cerca, créame. No sabe con qué precipitación tuve que abandonar ciudades en que me encontraba a gusto.

—¿No se habrá ido alguna vez porque yo llegué y usted creyó que era su paciente?

—No hay confusión posible. Por más que se cuide, el pobre diablo llama la atención. Gracias a eso yo estoy vivo. Oiga lo que pasó en el Grand Hotel de Estocolmo. Insistían en traerme un diario ¡escrito en sueco!, que deslizaban por debajo de la puerta de mi habitación. Una mañana, cuando me disponía a tomar un agradable desayuno, recogí el diario y al ver una fotografía dije en voz alta: "No sabía que en estas latitudes festejaran el Carnaval". Me puse los anteojos, porque sin ellos todo es borroso para mí, y no pude reprimir un gemido. La fotografía no mostraba, como yo creía, al gigante de una carroza de máscaras. Mostraba a mi gigante, el Buey, rodeado de pobladores de Estocolmo, que lo miraban embelesados.

—¿Usted de nuevo hizo las valijas?

—Y tomé el primer avión, a las Baleares. Desde entonces no paso un día, en un lugar, sin preguntar en restaurantes, hoteles, cafés, quioscos de diarios y revistas, ¡donde se le ocurra!, si por casualidad no vieron a un gigante.

—¿No aparecerá por aquí?

—Por lo menos hoy, no. Viaja a pie y, cuando un camionero se apiada, en la caja del camión. Me dijo alguien que ayer lo vieron en la zona de Dolder, cerca de Zürich. Aunque en esta casa no corro peligro (la puerta es muy sólida y puse rejas en las ventanas), para mayor seguridad mañana levanto campamento y me voy a Italia.

—Mejor sería adelantar el viaje.

—¿Le parece?

—Estoy pensando que tal vez lo vi en el camino.

—Ese monstruo no se cansa de perseguirme. ¿Dónde lo vio?

—Cerca de acá. Yo venía de Ginebra, por Brigue. De pronto dan un golpe en el lado derecho del automóvil y tengo una visión extrañísima.

—¿Cómo fue?

—Duró un segundo nomás. Creí que soñaba. De la tormenta de nieve sale una gigantesca aparición y cae sobre el coche, con los brazos abiertos.

—¿Lo habrá matado?

—Creo que no.

—Más vale irnos ahora mismo.

—Va a tardar un rato en llegar. Seguro que el encontronazo lo dejó maltrecho.

—De todos modos, usted y yo nos vamos. En cuanto encuentre el libro que estoy leyendo.

—¿Dónde vamos?

—Usted me sigue, en su auto, hasta Crévola, y ahí toma la ruta directa a Locarno. Yo me voy a Milán. No quiero que por mi culpa le pase nada.

—Después ¿usted qué haría si fuera yo? ¿Le parece una imprudencia mandar nuestra conversación para que se publique?

—Haga lo que quiera. ¿Qué es eso?

—¿Qué?

—¿No oye? Golpean.

—Creo que tiene razón.

—Golpean a la puerta.

—No abra.

—Pierda cuidado.

—Si no abrimos ¿a la larga se irá?

—Mejor hacernos a la idea de que vamos a estar sitiados. Tenemos alimentos para unos días.

—¿Oyó? Es como si rajaran madera. ¿Habrá volteado un árbol?

—Volteó la puerta. Voy a recibirlo. Mejor así: no puedo pasarme la vida huyendo. Usted se queda acá, tranquilo. Soy médico. Sé calmar a los furiosos.

¿Qué hago ahora? De poco valdrá mi ayuda contra alguien capaz de voltear semejante puerta. Huir por la ventana es imposible. Los barrotes están demasiado juntos. Los gemidos del profesor me ponen nervioso. No puedo pensar. No importa: voy a mantener la calma. Ese golpe seco debe de ser de un mueble, que tiró el gigante, contra la pared. No: en el hall no hay muebles. Si no fue un mueble, fue el cuerpo del pobre Haeckel. Ahora no se oye nada. Es horrible este silencio. Me parece que veo lo que hay detrás de la puerta. El cadáver de Haeckel en el suelo, el gigante mirando a su alrededor y preguntándose qué hacer. Aunque le cuesta pensar, de pronto recuerda que un criminal no deja testigos. Va a revisar la casa. Ojalá no empiece por este cuarto. Oigo el crujir de peldaños. Pasos muy pesados y lentos van subiendo. A lo mejor me salvo. En cuanto calcule que el gigante llegó al piso de arriba, corro afuera y me voy en el coche. Locarno está demasiado cerca. No paro hasta Italia. Hasta Sicilia. Siempre quise conocer Sicilia. Me cuidaré bien, si me salvo, de publicar la entrevista. El gigante no tendrá nada contra mí. Siguen los pasos. La escalera no acaba nunca. No puedo creerlo. Está bajando. Cambió de idea y va a empezar el registro por abajo. Escondo el grabador, detrás de unos libros, para que no lo destruya, si viene acá. Esos pasos, que no quiero oír, se acercan. Se abre la puerta. Apago el grabador.

El relojero de Fausto

Un convenio

La música de *Los bandidos* lo entristecía. No sólo estaba triste, sino enojado, lo que en las circunstancias era un poco ridículo. Odiaba las máscaras y odiaba los bailes y ahí lo tenían en un baile de máscaras, disfrazado de diablo. Se dejó arrastrar por una mujer tonta, que no le parecía linda. O mejor dicho, por el temor de que la mujer, si no la acompañaba, encontrara a otro y se le fuera.

Cuando empezaron a bailar sintió una revulsión interna, un estallido de amor propio. "Es demasiado. No puedo", protestó, casi audiblemente. Alegó cansancio, algún dolor en el viejo esqueleto y propuso:

—Por favor, Mariana, vamos a sentarnos.

Un individuo, (¿qué hacía en la pista de baile, sin compañera, ni siquiera disfrazado?) la invitó, como si él no existiese.

—¿Me concede este vals? —dijo con untuosidad.

Mariana le concedió una serie interminable, porque las mujeres no se cansan. Acodado en una mesita, junto a su vermouth, podía seguir las evoluciones de la pareja, que aparecía y desaparecía entre las otras. "Lo malo es que no llegué a esto por amor", reflexionó, "sino por necesidad. Si la pierdo, quizá no consiga reemplazante. Voy a extrañar a Mariana, por ser la última mujer de mi vida. Nada más que por eso". Alguien se había acercado y le hablaba. Era otro diablo, más gordo y, aparentemente, no más joven. Dijo:

—¿Usted es Olinden? Tenemos amigos comunes. *Permesso.*

Resoplando se dejó caer en la silla desocupada. Olinden pensó, "La presencia de este individuo le dará un pretexto para no volver. Tanto mejor. Es una idiota. Basta verla zangolotearse". Desde luego estaba triste, pero no por Mariana. Por él mismo. Porque se le acababa la vida.

—Lo noto apagado —dijo el otro diablo.

Olinden lo miró. El traje, quizá de terciopelo, era de color ciruela morada. Pensó: "Una ciruela gorda. Si no suda, es un diablo de verdad". Lo miró más detenidamente. La cara, verdosa, estaba cubierta de sudor. Tenía las ojeras y las grandes patillas de los bribones latinoamericanos de las viejas películas.

—Pienso que la vida se me acaba. Estoy melancólico. ¿Le parece ridículo?

—No es ridículo, pero debe reaccionar. Ánimo. Sin optimismo yo no podría vivir un minuto.

—Siempre fui optimista.

—No parece.

La idea, tal vez, de que la comedia, su comedia, había concluido, lo indujo a la franqueza.

—Tuve un optimismo estúpido, basado en una locura. Creí siempre que alguna vez encontraría a un médico que atrasara mi reloj biológico y me alargara la vida cincuenta o cien años. A lo mejor estoy triste porque descubro que no me queda mucho tiempo para ese encuentro.

—¿Con un médico?

—¿Con quién entonces? ¿Con un curandero?

—Conmigo, sin ir más lejos.

—¿Con usted? Por si acaso le aclaro que yo no creo en los curanderos.

—No me juzgue por el aspecto. Estoy disfrazado.

—Todo el mundo, aquí, está disfrazado.

—Yo, un poquito más. Me disfracé para que no me reconozcan.

—Hasta los chicos se disfrazan para que no los reconozcan.

—Muy gracioso —dijo el otro diablo, con irritación—; pero da la casualidad que yo no soy un chico. ¿Sabe quién soy?

—¿Quién es?

—Prometa que no se va a reír en mi cara. Acérquese. Voy a hablarle en voz baja. ¿Está listo?

—¿Para qué?

—¿Para qué va a ser? Para oír una respuesta sorprendente.

—Estoy listo.

—Soy el Diablo.

—Bueno, bueno.

—No me cree. Nada me ofende más.

—Le digo que estoy triste y se viene con una pavada.

—Mida sus palabras. Usted sabe que soy vengativo. ¿Le pruebo quién soy?

—Como guste.

Apenas agitó un brazo, paró la orquesta.

—Haga que vuelva a tocar —pidió encarecidamente.

—Impresionado, ¿eh?

El diablo agitó el brazo y la orquesta rompió a tocar. Olinden explicó:

—Una persona venía a la mesa. No tengo ganas de verla.

—Vamos por partes, como decía Basile. ¿Porque menciono a Basile se asombra? Nunca me faltaron amigos en este mundo.

"¿Quién era Basile?", se preguntó Olinden. Por contestar algo, dijo:

—No puede hacer nada. No es médico.

—Hombre de poca fe, anda con suerte y a lo mejor por cabeza dura la deja pasar. Yo, si quiere, le doy el suplemento de años que pide.

—Si le vendo mi alma.

—Si me vende su alma.

—No quiere que me ría y dice pavadas. ¿Para qué le sirve mi alma? ¿Para leña del infierno? Porque si piensa que me va a convertir en un tipo malísimo se hace ilusiones. La gente mala me parece estúpida. Además, a un hombre de mi edad, ¿quién lo cambia?

—Nadie. Tiene razón.

—¿Entonces?

—Hay cosas difíciles de explicar. En el infierno, como en el cielo, puede creerme, somos anticuados. Nos regimos por leyes que en cualquier otra parte serían absurdas.

—Y usted, de vez en cuando, se da una vueltita por este mundo, comprando almas.

—Y... sí —dijo el diablo, un poco avergonzado.

—En ese caso, no veo inconveniente.

—¿Trato hecho?

—De acuerdo. ¿Hay algo que firmar?

—Ya le dije, somos gente a la antigua. Me basta su palabra.

—¿Para cuándo el rejuvenecimiento?

—No va a tardar, créame. Vaya tranquilo.

Meses después

Aquella noche rompió con Mariana. Después no la reemplazó. Como el rejuvenecimiento no llegaba (aunque notó signos alentadores), optó por retirarse, a la espera del fin. Increíblemente la situación no le resultó penosa. En eso estaba la mañana en que por no haber agua en la casa fue a los baños del club y se encontró con un amigo que le habló del doctor Sepúlveda.

—Un tipo extraordinario. Un bicho raro. ¡De una inteligencia...! Con decirte que descubrió el método para retrasarnos el reloj biológico.

—Si es una broma, te aviso que me muero de aburrimiento.

—No es una broma. Hablo por experiencia propia. Soy amigo y paciente del doctor Sepúlveda. Te
doy la dirección: Paraguay 1957, planta baja. En la
guía vas a encontrar el número de teléfono.

Olinden miró al consocio, movió la cabeza, pensó: "Para este resultado ni vale la pena pedir hora".

—No te cambia de un día para otro —previno el
consocio—. El rejuvenecimiento es gradual.

En el transcurso de la conversación recordó quién
era su amigo, cómo se llamaba, por qué, treinta o cuarenta años atrás, habían dejado de verse. Compañero en la Facultad de Letras, de lo mejorcito que había allá, Paco Anselmi se vinculó con un grupo de
farristas insoportables, que practicaban el humor
por medio de bromas pesadas y estúpidas.

Una semana después

Llamó para pedir hora.

—¿Le conviene el viernes próximo? —preguntó
la secretaria.

—Sí —dijo Olinden.

Le pareció raro que el único médico en el mundo
capaz de renovarle a uno la juventud, en seguida tuviera una hora libre. Un famoso desconocido.

—Véngase a las nueve, en ayunas.

—Solamente quiero hablar con el doctor.

—De acuerdo, pero véngase en ayunas, con la chequera.

Para no dejarle la última palabra, preguntó:

—¿Ustedes aceptan cheques de personas que no conocen?

—El señor Anselmi lo recomendó.

Aquel viernes

La mañana era destemplada y muy gris. Entre la mole blancuzca de la Facultad de Odontología y vidrieras que le dejaron el recuerdo, sin duda falso, de bandejas donde se apilaban dentaduras postizas, caminó hacia el consultorio. Sentía una flojedad en las piernas, que atribuyó al hecho de no haber desayunado, y una inexplicable mezcla de aprensión y congoja. Aunque llevaba consigo la chequera, estaba resuelto a no empezar esa mañana el tratamiento. Se aferraba a la decisión, como a un salvavidas.

Una enfermera abrió la puerta. En la sala había una mesa con teléfono, sillas alineadas contra las paredes, un cuadro, firmado Carrière, de una mujer que parecía una momia deshilachada, una reproducción del Lacoonte.

—Tome asiento —dijo la enfermera.

—¿Hay que sacar tarjeta?

—Después me ve.

No sabía si alegrarse por no esperar que pasaran otros o preocuparse por ser el único. Ahí sentado recordó el miedo que tuvo, cincuenta y tantos años atrás, al oír que lo llamaban para dar su primer examen en Letras. Con una sonrisa forzada se decía que estaba, por segunda vez, en capilla, cuando oyó:

—Señor Olinden.

Se incorporó rápidamente y sintió un leve mareo. Entró en el consultorio.

El doctor, atento a un libro que reponía en su modesta biblioteca, le tendió una mano. Era un hombre flaco, de frente ancha, de cara angosta y pálida, de ojos grandes, febriles, oscuros. Nada en él parecía muy limpio.

—Odio trabajar en equipo —declaró con furia; suspiró y dijo: —¡El que sólo tiene dos brazos no puede salvar a muchos! Le hablaré con toda claridad: yo elijo a mis pacientes.

—Comprendo —contestó Olinden.

Por los nervios, comprendía a medias. Se acordó de un recurso para recuperar el aplomo, que a veces daba resultado: formular una frase. La que pensó no lo tranquilizó: "Me tocó un médico anterior a la asepsia". El médico estaba diciendo:

—Bien. Le haré el planteo inevitable. ¿Qué razón me da para que le alarguemos la vida?

Se consideró estúpido por no haber previsto la pregunta. Debía decir algo, improvisar, tirar a la suerte el tan ansiado suplemento de cincuenta años. Ahora deseaba que lo aceptaran, que el tratamiento empezara esa mañana.

Sonó el teléfono. El médico atendió, giró con la silla, le dio la espalda y, encorvado sobre el aparato, mantuvo una larga conversación. A Olinden le llegaban susurros.

Se dijo: "Un llamado providencial, a condición de que yo lo aproveche". Trató de pensar rápidamente. ¿Era el sostén de una familia que iba a quedar en el desamparo? ¿O era un escritor y no quería dejar inconcluso un libro? ¿O era un hombre de ciencia y no se resignaba a interrumpir la investigación que tarde o temprano desembocaría en un descubrimiento beneficioso para la humanidad? Comprendió que no tenía coraje para formular tales embustes. La cara lo delataría. Oyó entonces palabras que lo apremiaban:

—Estoy esperando la respuesta.

Por no encontrar nada mejor, dijo lo que sentía:

—Tal vez no tenga un motivo especial. Me da pereza que se interrumpa...

—Que se interrumpa qué. ¿Su vida, su conciencia?

—Es claro, mi conciencia.

—Una respuesta adecuada. Que no me vengan a mí con grandes obras y con descubrimientos salvadores, para un mundo que tarde o temprano desaparecerá. Un deseo espontáneo, directo, como el suyo, es otra cosa. Merece atención.

No pudo menos que objetar:

—Sin embargo, doctor, usted sabe mejor que nadie que un gran descubrimiento es posible.

—¿Por lo del reloj biológico? Solamente hubo un golpe de suerte y la astucia necesaria para no desperdiciarlo. Óigame, Olinden: cada cual es dueño de ha-

cer lo que quiera. Si pretende descubrir algo, o dejar
obra, allá usted. Pero si quiere, encima, que lo apo-
yen, no cuente conmigo. Yo le diría "cada cual atiende su juego", como en el canto de los chicos. Está en
el Eclesiastés: todo trabajo es ilusorio. Un juego para entretenerse. En cambio, cuando uno desea viva-
mente pone sentimiento. Algo que esté cerca de lo
que podríamos llamar real. ¿Le parezco un senti-
mental asqueroso?

"No entiendo", se dijo Olinden, y no abrió la
boca.

Otro convenio

En los días de cama pensó, recapacitó, soñó. El
viernes de su llegada debió de estar perturbado por el
susto, ya que ahora no recordaba el momento en que
vio por primera vez buena parte de lo que había re-
gistrado en la memoria. Por ejemplo, la clínica donde se encontraba, una suerte de hospital de campaña,
con la sala de operaciones y una hilera de cubículos
que daban a un corredor, en uno de cuyos extremos
había un baño, y en el otro, la puerta de comunicación con el consultorio. Conformaban cada cubículo
cuatro cortinas de paño grueso, de color ciruela rojiza o morada, colgadas de anillos metálicos, que se corrían o descorrían por un armazón de caños niquela-
dos. En uno de esos cuartitos estaba su cama.

También con la secretaria, única enfermera de
la clínica, le pasó algo extraño. Por teléfono, la to-

mó por una mujer segura de sí misma, lo que para él no era necesariamente una cualidad admirable, y cuando lo recibió el viernes, confirmó la primera impresión. Según creía, apenas la había mirado. La primera vez que la vio detenidamente, fue en sueños, cuando lo durmieron. Lo atrajo tanto que se dijo (con una palabra que despierto no solía emplear) "Aquí empieza el romance de mi vida". Pasado el efecto de la anestesia, comprobó que era idéntica a la soñada (lo que induce a pensar que ya la había observado, conscientemente o no). Se llamaba Viviana, había nacido en Tucumán, era más bien linda, de pelo castaño claro, rasgos regulares, ojos pardos, que sabían expresar la comprensión y la alegría, piel blanca, estatura mediana. Olinden no podía explicar por qué lo atraía tanto, pero no le faltaban razones: lo atendió con devoción, con eficacia, con gracia natural, aun con ternura. En cuanto la necesitaba, aparecía (Viviana tenía siete pacientes a su cuidado; es verdad que los pacientes de Sepúlveda, por lo general no sufrían "complicaciones"). De la limpieza y del servicio de comida se ocupaba otra muchacha, quizá dejada, pero buena persona.

La frase que había soñado se cumplió. A la noche, antes de apagar la luz, lo visitaba la enfermera. Le preguntaba si necesitaba algo, miraba que no faltara agua fresca en el termo, le arreglaba un poco la cama. En ese arreglo, la tercera noche, Viviana entretuvo las manos bajo las mantas y él llegó a decirse "¿No estará por?"… Un instante después la tenía encima, besándolo tan continuamente que apenas lo dejaba respirar. Tales afanes le llevaron más de una hora, y después le costó avenirse a que Viviana partiera. Quedó enamorado: una situación en que no se veía desde tiempo atrás.

Se durmió. Al otro día despertó en un estado de ánimo inmejorable y, casi en el acto, se puso a recordar. Sus primeros pensamientos fueron un cómputo asombroso. "Es claro", se dijo. "Nunca tuve una mujer que me atraiga como ésta". Sin restar méritos a la tucumana, con un dejo de incredulidad y mucha esperanza, reflexionó que no era descabellado suponer que el tratamiento estuviera actuando. No bien se abandonó a la alegría, que expresó con las palabras "Lo logré", se preguntó si lo habrían rejuvenecido para el sexo, únicamente. Tal vez no se trataba de otra cosa. "Tanta importancia dan a la vida sexual que la confunden con la vida", se dijo. "¿Qué quiere?", le preguntaría Sepúlveda, "¿que lo rejuvenezca a usted también?" Saltó de la cama, se miró en el espejo. Estaba igual a siempre, con esos manojos de pelo muerto, los ojos tristes, la palidez, la expresión estúpida y ansiosa.

Auge temporario

Viviana, que se mudó al departamento de Olinden, seguía de secretaria del médico, pero ya no trabajaba en la clínica. La reemplazaban dos enfermeras, una diurna y otra nocturna. Eso sí, porque

Sepúlveda la consideraba insustituible, no faltó nunca a la operación de los pacientes que entraban ni al examen final de los que salían.

Fueron felices por largos años. Los celos de Olinden empezaron probablemente la noche en que Viviana, hablando de quién sabe qué, dijo que él era inteligente "pero, claro, no tanto como Sepúlveda": palabras que le helaron el alma. Con el tiempo se sobrepuso y, echando todo a la broma, comentó con un amigo: "Tuve un arranque de soberbia diabólica. Sentí que no toleraba la suposición de que mi inteligencia fuera inferior a otra".

Recayó en los celos. Desde luego, nunca una mujer le importó como Viviana. Los celos resultaron un animalito astuto, rastreador de revelaciones ingratas. A él lo llevaron rápidamente a la certidumbre de que Viviana y Sepúlveda eran amantes y, poco después, a una sospecha más dolorosa: ¿no consistiría el examen final de los internados en algo demasiado parecido a su inolvidable tercera noche? Por eso Viviana volvía siempre tarde, cansada, apurada por comer unos bocados de lo que hubiera, y beber agua, y echarse a dormir. Olinden se preguntaba cómo Sepúlveda, si la quería, toleraba... "No lo tolera. Lo exige. Al fin y al cabo, nada le importa como el tratamiento y necesita verificar la eficacia".

Aquella noche la esperaba sin intención de pedirle explicaciones, pero al rato se encontró eligiendo palabras recriminatorias. Reaccionó, comprendió (la quería tanto) que habría algún modo de convencerla, porque lo respaldaban los buenos sen-

timientos y la verdad. Oyó el doble giro de la llave
en la cerradura, vio cómo la puerta se abría y aparecía Viviana, pálida y ojerosa. "¡Viene directamente
de la cama!", se dijo. Si en ese momento callaba, se
portaría como un hipócrita. Con gritos roncos y des-
templados empezó un interrogatorio. La muchacha
no negó nada.

Al otro día, cuando él estaba por salir, Viviana le
preguntó si no la quería más. Como ella había sido
muy franca, Olinden escrupulosamente dijo lo que
sentía.

—Sigo queriéndote.

—¿Vas a perdonarme alguna vez?

—Creo que sí, pero…

—Pero ¿qué?

—Nunca será como antes. Te veo de otro modo.

En el club

Hacia la noche, cuando volvió al departamento,
sin poner atención notó algo raro. Se dispuso a es-
perarla. Era tarde, no llegaba. De pronto hizo el descubrimiento. El orden lo había sorprendido: tal vez
hubiera demasiado. Abrió el placard. Faltaba la ropa
de Viviana.

Extrañaba a la muchacha. Como sujetado a algo
ajeno a su voluntad no la buscó ni la llamó. A lo largo de días, meses, años, que se fueron, según él "en
un descuido", aprendió idiomas; fue sucesivamen-
te periodista, profesor en institutos particulares, tra-

ductor; practicó diversos deportes, en diversos clubes; conoció a muchas mujeres, que no le gustaron demasiado. Se decía: "Quién me manda", sin entender que lo guiaba el impulso de una inmadurez por cierto anacrónica.

En su ya largo camino, Olinden llegó a una región por la que anduvo tiempo atrás y que había olvidado: el estrecho mundo de los viejos. Volvieron los achaques, las cavilaciones, los temores, pero reaccionó: "¿Por qué tanta agitación? Lo veo a Sepúlveda y chau". Con persistencia de viejo maniático, recaía en la ansiedad. "¿Le pregunté al doctor si cuando llegara la hora podríamos repetir el tratamiento? ¿Tuve alguna atención con él? ¿Alguna vez pregunté cómo estaba? ¿Le mandé un regalo, siquiera una felicitación, de Año Nuevo? Nada. Soy un idiota. Por los malditos celos me porté como una mala persona". Resignado a oír reproches justificados, se largó a la calle Paraguay. Como en una pesadilla, miraba los números 1955 y 1959 y buscaba en vano el 1957; los otros dos, correspondían a diferentes entradas de un mismo edificio, que no era el del consultorio.

Por lo visto, nadie ahí ni en el barrio conocía al doctor Sepúlveda. Se largó a un club que por entonces frecuentaba y allá consultó diversas guías, inclusive una de médicos. En ninguna figuraba Sepúlveda. Por último, cuando ya desesperaba, un individuo que parecía más viejo que él, recordó:

—¿Sepúlveda? ¿No era un charlatán, como el que hacía llover en Villa Luro?

—Era médico.

—Lo que estoy diciendo. El médico de las curas milagrosas. Murió hace rato.

Ninguna otra información consiguió de ese viejo ni de las demás personas interrogadas. Todo parecía indicar que Sepúlveda había muerto y que nadie se acordaba de él. La investigación que emprendió para dar con Viviana resultó más corta y acaso más desalentadora.

"Esta vez hay que resignarse" pensó. Como quien se despide, visitó lugares de la ciudad, que le habían dejado buenos recuerdos. Una tarde entró en el Jardín Zoológico. Desde la infancia, no lo recorría. Pasó por el pabellón de los osos, por el de las fieras y se encontró frente a una jaulita, con un animal horrible, más feo y ordinario que un chancho, probablemente más feroz que el jabalí.

—¡Estaba seguro de encontrarlo acá! —No le hablaba el animal, como creyó en un primer momento, sino el diablo del baile de máscaras. Lo reconoció en el acto, aunque vestía un traje marrón, raído, en lugar de su disfraz de diablo. "Está idéntico", se dijo. "No le ha pasado un día." El diablo seguía hablando: —¿O no se acuerda de nuestro arreglo? No vaya a salir con que no firmó nada. A mí usted no se me escapa, mi buen señor. Espero que lo haya pasado bien, porque le llegó la hora del viajecito a mis pagos. Así es, mi buen señor: digan lo que digan, el infierno existe. Ya verá.

Por extraño que parezca, Olinden no había vuelto a pensar en el diablo y en su pacto. Para defenderse dijo:

—Yo a usted no le debo nada.

—Sus palabras prueban lo contrario.

—¿Se puede saber por qué?

—Recuerdo, patente, lo que me dijo en aquel magnífico salón de baile: que si yo creía que iba a convertirlo en un hombre malo, me equivocaba. Sus palabras prueban que, por lo menos, lo convertí en un ingrato. Vengo a cobrar.

—No tengo nada que pagarle. A mí me rejuveneció el doctor Sepúlveda.

—¿El famoso embaucador? Usted me explicará: si no era un pobre charlatán, ¿por qué murió? ¿Por qué no echó mano de ese tratamiento que a usted le dio tan buen resultado?

—Habrá muerto en un accidente.

—Da la casualidad que murió de viejo. Diablo y todo, soy más honesto que muchos. Reconozco mi deuda con usted.

—No me diga —contestó Olinden, con fingida indiferencia.

—Se lo digo. Y más: la voy a pagar. ¿Recuerda que me preguntó para qué quería yo su alma? Tenía razón. No me sirve para nada. Se la devuelvo. Eso sí, firmamos un nuevo contrato.

—No lo dé por aceptado.

—Lo doy. Punto uno: el que manda soy yo. Punto dos: el que gana es usted.

—¿Qué gano?

—Otros cincuenta años de vida, que le doy en este acto, contra un testamento firmado ante escribano público, por el que usted me deja sus dos departamentos, el de la renta y el de su domicilio.

—¿Y vivo de las traducciones? ¿Quiere que pase hambre? Guárdese los cincuenta años.

—Realmente lo convertí en uno de nosotros. Usted es un miserable. No tiene sentido de la equidad. Le propongo un trueque generoso. Yo pago ahora, usted dentro de cincuenta años. Le exijo testamento firmado, porque no creo en su palabra. Dentro de cincuenta años, esos bienes que tanto le preocupan, no le servirán de nada, porque desde ya le digo que no voy a renovar su vida. Soy diablo y puedo ser malo.

—¿Para qué quiere los departamentos?

—Al igual que los dioses de otras iglesias, quiero ser propietario aquí abajo. Como su pago no es al contado, exijo testamento ante un escribano, que yo elegiré entre muchas personas de mi confianza. Deberé sortear dificultades. Aunque soy conocido, cuando me presente a reclamar la herencia, quién le dice que no quieran pagarme. Soy astuto: los voy a embromar. Antes de fin de semana recibirá, mediante un solo golpe de teléfono, nombre y dirección del escribano y el del pseudobeneficiario, que será —agregó, con una risita seca— beneficiaria.

La casualidad, que nos empeñamos en excluir de la historia del mundo y que está, como Dios, en todas partes, quiso que su gira de visitas incluyera el club Regatas de Avellaneda, una isla del Riachuelo, donde en la segunda juventud había jugado al tenis. Ahí se encontró con Anselmi, que estaba jugando un single de la Liga Interclubs, por la 4ª B de Regatas de Avellaneda, contra Deportes Racionales. Desde el otro lado del alambre tejido que rodeaba la cancha, Anselmi le gritó:

—Es el último set. No te vayas.

Para que participara en el té de los equipos, lo hicieron pasar por capitán de la 4a. B de Regatas. Anselmi lo sentó a su lado y le preguntó qué hacía en el viejo club.

—Estoy diciendo adiós a unos cuantos lugares. Por si acaso, nomás.

—¡Qué malsano! Una vez te di la dirección de un médico. Pudiste comprobar que no era broma.

—Es verdad, pero murió.

—Desgraciadamente. Yo pensaba en otra persona, que tal vez puede hacer algo por vos. Un nuevo plazo no vendría mal, ¿no te parece?

—Desde luego.

—¿Conociste a Viviana, la enfermera?

—Es claro.

—Ya estás desconfiando —comentó Anselmi, tal vez por la manera en que Olinden lo miraba.

—No desconfío. Hacía mucho que no oía hablar de Viviana.

—Una persona espléndida.

Pensó que alguna vez fue tan celoso que una frase como ésa lo hubiera enconado. Ahora tenía ganas de dar las gracias.

—¿La ves?

—En la comida anual, en que nos reunimos algunos pacientes de Sepúlveda, que nos autotitulamos Los Sobrevivientes. Vivimos como agentes secretos, que deben disimular quiénes son. Nuestro gran descanso es hablar con entera libertad, una vez al año.

—Quién sabe si puedo esperar hasta esa comida.

—¿Por qué vas a esperar? Cuando te vea, te doy la dirección de Viviana. Acaban de nombrarme secretario y tengo en casa la lista de socios, con sus direcciones. En pago de este segundo favor, te vas a asociar al Club de Sobrevivientes. La cuota es tu cubierto en la comida anual. En la próxima, vas a ser el más joven.

—Viviana, cuando la conocí, no estudiaba medicina.

—Ahora estudia, pero en su favor hay algo más: Sepúlveda la tuvo al lado cada vez que operó y, llegado el momento, se hizo operar por ella. Es verdad que mientras lo operaba, él daba indicaciones. Muerto Sepúlveda, operó sola, a muchos de nosotros. La segunda operación, evidentemente.

El héroe y la heroína

Se encontraron en la montañita de la plaza Roma, paraje que alguna vez tuvo encanto, a pesar de la proximidad movida y bulliciosa de la avenida Leandro Alem. Conversaron. Viviana, tan linda y joven como siempre, le dijo que trabajaba por ahí cerca, en los escritorios de alguna empresa. Olinden le refirió las dos entrevistas con el diablo.

—Nunca me contaste la del salón de baile.

—Porque no creía que fuera el diablo.

—Tenías razón, y yo tengo, por mi parte, una corazonada. Apostaría a que tu diablo es Poldnay.

—Nunca oí ese nombre.

Viviana esbozó una descripción del sujeto, seguida de estas palabras, que la resumían:

—Parece el villano de una vieja película. El comisario de algún pueblito de América latina.

—Estoy por creer que es el mismo.

—Tuvo un salón de baile en Rivadavia al 7000.

—Es el mismo. La primera vez me habló ahí. Me dejó medio convencido cuando levantó un brazo y paró la orquesta.

—Fue siempre aficionado a las bromas. Anselmi lo conoce. Iban al mismo colegio y después lo frecuentó bastante. Me dijo que era un personaje notable por la puntería para elegir negocios turbios, que le salían mal.

—¿Recordás el nombre del colegio?

—No. Cuando Anselmi lo nombra, dice "el Instituto del profesor Basile".

—¿Lo ves mucho?

—Somos amigos, pero no lo veo fuera de nuestras comidas anuales. Anselmi llevó a Poldnay al consultorio y Sepúlveda le hizo el tratamiento. —Después de una pausa, agregó: —Qué suerte que te devolvió el alma. Es mejor no venderla, aunque no exista el diablo.

Olinden pensó: "Ya que estoy en la idea de hacer testamento, le voy a dejar todo a Viviana".

—El tal Poldnay ¿es de ese grupo de amigos bromistas que tuvo Anselmi?

—El jefe, el bastonero —contestó Viviana—. Lo que no entiendo es cómo creíste que semejante cachafaz era un ser sobrenatural.

—Sepúlveda muerto, vos inencontrable, tenía que agarrarme de algo. Un desesperado cree en cualquier cosa.

—Es verdad, en cualquier cosa.

Olinden argumentó:

—Para creer en Sepúlveda, también se necesitaba un poco de fe.

—De nuevo no entiendo —dijo Viviana, muy seria.

—Parece increíble que en esta época un médico devuelva la juventud a la gente y nadie lo conozca.

—Él siempre dijo que era un bicho raro. Me explicaba: "Somos bichos raros porque nos basta el conocimiento y la eficacia. En todas las profesiones hay algunos de los nuestros". Con relación a esta cuestión, solía citar a un famoso doctor Abreu, para quien había dos clases de médicos: los que sabían y los que sacaban premios.

—¿A Sepúlveda alguien lo reemplaza? Te pregunto por si quiero operarme.

—Una simple enfermera, que estudia medicina. O, si no, el doctor Ribero, un mediquito recién recibido. Para cualquiera de los dos, tendrás que armarte de coraje.

—¿A cuál recomendarías?

—A mí. Yo lo ayudé a Sepúlveda, en todas las operaciones. Yo le enseñé a Ribero. Operé muchas veces y nadie se murió.

—Me dijiste que lo operaste a Sepúlveda.

—Fue mi primera operación. Todavía no me había hecho la mano.

—¿Sepúlveda murió?

—Treinta años después. A lo mejor yo no te doy los cincuenta años que te daría Sepúlveda, pero sí treinta, o más. Después podrás repetir la operación. Y quién te dice, yo estaré operando como una maga.

—Para decidirme, tengo que pedirte algo. Que te vengas a vivir a casa.

—Ahora mismo.

Al rato, cuando la ayudaba en la mudanza preguntó:

—¿Por qué Sepúlveda no quiso que lo operaran de nuevo?

—Era más inteligente que nosotros. Dijo que no valía la pena.

Olinden se inclinó hacia adelante, como dispuesto a rebatir lo que había oído. Calló y por último dijo:

—No vale la pena.

—¿Qué? ¿Seguir viviendo?

—¿Cómo se te ocurre? Yo, por mí, no me voy del cine hasta que la película acabe.

El Nóumeno

Probablemente fue Carlota la que tuvo la idea. Lo cierto es que todos la aceptaron, aunque sin ganas. Era la hora de la siesta de un día muy caluroso, el 8 o el 9 de enero. En cuanto al año, no caben dudas: 1919. Los muchachos no sabían qué hacer y decían que en la ciudad no había un alma, porque algunos amigos ya estaban veraneando. Salcedo convino en que el Parque Japonés quedaba cerca. Agregó:

—Será cosa de ponerse el rancho e ir en fila india, buscando la sombra.

—¿Están seguros de que en el Parque Japonés funciona el Nóumeno? —preguntó Arribillaga.

Carlota dijo que sí. El Nóumeno era un cinematógrafo unipersonal, que por entonces daba que hablar, aun en las noticias de policía.

Arturo miró a Carlota. Con su vestido blanco, tenía aire de griega o de romana. "Una griega o romana muy linda", pensó.

—Vale la pena costearse —dijo Arribillaga—. Para hacernos una opinión sobre el asunto.

—Algo indispensable —dijo con sorna Amenábar.

—Yo tampoco veo la ventaja —dijo Narciso Dillon.

—Voy a andar medio justo de tiempo —previno Arturo—. El tren sale a las cinco.

—Y si no vas, ¿qué pasa? ¿Tu campo desaparece? —preguntó Carlota.

—No pasa nada, pero me están esperando.

Aunque no fuera indispensable la fila india, tampoco era cuestión de insolarse y derretirse, de modo que avanzaron de dos en dos, por la angosta y no continua franja de sombra. Carlota y Amenábar caminaban al frente; después, Arribillaga y Salcedo; por último, Arturo y Dillon. Éste comentó:

—Qué valientes somos.

—¿Por salir con este solazo? —preguntó Arturo.

—Por ir muy tranquilos a enfrentarnos con la verdad.

—Nadie cree en el Nóumeno.

—Desde luego.

—Es de la familia de la cotorra de la buena suerte.

—Entonces, una de dos. O no creemos y ¿para qué vamos? O creemos y ¿pensaste, Arturo, en este grupo de voluntarios? La gente más contradictoria de la República. Empezando por un servidor. Nací cansado, no sé lo que se llama trabajar, si me arruino me pego un tiro y no hay domingo que no juegue hasta el último peso en las carreras.

—¿Quién no tiene contradicciones?

—Unos menos que otros. Vos y yo no vamos al Nóumeno batiendo palmas.

Arturo dijo:

—A lo mejor sospechamos que para seguir viviendo, más vale dormirse un poco para ciertas cosas. ¿Qué va a suceder cuando entre Arribillaga y vea cómo el aparato le combina su orgullo de perfecto caballero con su ambición política?

—Arribillaga sale a todo lo que da y el Nóumeno estalla —dijo Dillon—. ¿Amenábar también tendrá contradicciones?

—No creo.

Cuando conoció a Amenábar, Arturo estudiaba trigonometría, su última materia de bachillerato, para el examen de marzo. Un pariente, profesor en el colegio Mariano Moreno, se lo recomendó. "Si te prepara un mozo Amenábar", le dijo, "no sólo aprobarás trigonometría, sabrás matemáticas". Así fue, y muy pronto entablaron una amistad que siguió después del examen, a través de esas largas conversaciones filosóficas, que en alguna época fueron tan típicas de la juventud. Por Arturo, Amenábar conoció a Carlota y después a los demás. Lo trataban como a uno de ellos, con la misma despreocupada camaradería, pero todos veían en él a una suerte de maestro, al que podían consultar sobre cualquier cosa. Por eso lo llamaban el Profe.

Comentó Dillon:

—Su idea fija es la coherencia.

—Ojalá muchos tuviéramos esa idea fija —contestó Arturo—. Él mismo dice que la coherencia y la lealtad son las virtudes más raras.

—Menos mal, porque si no, con la vida que uno lleva... ¿Qué sería de mí, un domingo sin turf? ¡Me pego un balazo!

—Si hay que pegarse un balazo porque la vida no tiene sentido, no queda nadie.

—¿También Carlota será contradictoria? A ella se le ocurrió el programa.

—Carlota es un caso distinto —explicó Arturo, con aparente objetividad—. Le sobra el coraje.

—Las mujeres suelen ser más corajudas que los hombres.

—Yo iba a decir que era más hombre que muchos.

Tal vez Arturo no estuviera tan alegre como parecía. Cuando hablaba de Carlota se reanimaba.

—No conozco chica más independiente —aseguró Dillon, y agregó—: Claro que la plata ayuda.

—Ayuda. Pero Carlota era muy joven cuando quedó huérfana. Apenas mayor de edad. Pudo acobardarse, pudo buscar apoyo en alguien de la familia. Se las arregló sola.

"Y por suerte ahí va caminando con Amenábar", pensó Arturo. "Sería desagradable que tuviera al otro a su lado."

Entraron en el Parque Japonés. Arturo advirtió con cierto alivio que nadie se apuraba por llegar al Nóumeno. Lo malo es que no era el único peligro. También estaba la Montaña Rusa. Para sortearla, propuso el *Water Shoot,* al que subieron en un ascensor. Desde lo alto de la torre, bajaron en un bote, a gran velocidad, por un tobogán, hasta el lago. Pasaron por el Disco de la Risa, se fotografiaron en motocicletas Harley Davidson y en aeroplanos pintados en telones y, más allá del teatro de títeres, donde tres músicos tocaban *Cara sucia*, vieron un quiosco de bloques de piedra gris, en *papier maché,* que por la forma y por las dos esfinges, a los lados de la puerta, recordaba una tumba egipcia.

—Es acá —dijo Salcedo y señaló el quiosco.

En el frontispicio leyeron: El *Nóumeno* y, a la derecha, en letras más chicas: *de M. Cánter.* Un instante después un viejito de mal color se les acercó para preguntar si querían entradas. Arribillaga pidió seis.

—¿Cuánto tiempo va a estar cada uno adentro? —preguntó Arturo.

—Menos de un cuarto de hora. Más de diez minutos —contestó el viejo.

—Bastan cinco entradas. Si me alcanza el tiempo compro la mía.

—¿Usted es Cánter? —preguntó Amenábar.

—Sí —dijo el viejo—. No, por desgracia, de los Cánter de La Sin Bombo, sino de unos más pobres, que vinieron de Alemania. Tengo que ganarme la vida vendiendo entradas para este quiosco. ¡Seis, mejor dicho cinco, miserables entradas, a cincuenta centavos cada una!

—¿Ahora no hay nadie adentro? —preguntó Dillon.

—No.

—Y aparte de nosotros, nadie esperando. Le tomaron miedo a su Nóumeno.

—No veo por qué —replicó el viejo.

—Por lo que salió en los diarios.

—El señor cree en la letra de molde. Si le dicen que alguien entró en este quiosco de lo más campante y salió con la cabeza perdida, ¿lo cree? ¿No se le ocurre que detrás de toda persona hay una vida que usted no conoce y tal vez motivos más apremiantes que mi Nóumeno, para tomar cualquier determinación?

Arturo preguntó:

—¿Cómo se le ocurrió el nombre?

—A mí no se me ocurrió. Lo puso un periodista, por error. En realidad, el Nóumeno es lo que descubre cada persona que entra. Y, a propósito: ¡Adelante, señores, pasen! Por cincuenta centavos conocerán el último adelanto del progreso. Tal vez no tengan otra oportunidad.

—Deséenme buena suerte —dijo Carlota.

Saludó y entró en el Nóumeno. Arturo la recordaría en esa puerta, como en una estampa enmarcada: el pelo castaño, los ojos azules, la boca imperiosa, el vestido blanquísimo. Salcedo preguntó a Cánter:

—¿Por qué dice que tal vez no haya otra oportunidad?

—Algo hay que decir para animar al público —explicó el viejo, con una sonrisa y una momentánea efusión de buen color, que le dio aire de resucitado—. Además, la clausura municipal está siempre sobre nuestras cabezas.

—¿Cabezas? —preguntó Arturo—. ¿Las suyas o las de todos?

—Las de todos los que recibimos la visita de se-

ñores que viven de las amenazas de clausura. Los señores inspectores municipales.

—Una vergüenza —dijo Salcedo, gravemente.

—Hay que comer —dijo el viejo.

Después de *Cara Sucia*, los de al lado tocaron *Mi
noche triste*. Arturo pensó que por culpa de ese tango, que siempre lo acongojaba un poco, estaba nervioso porque la chica no salía del Nóumeno. Por fin
salió y, como todos la miraban inquisitivamente, dijo con una sonrisa:

—Muy bien. Impresionante.

Arturo pensó "Le brillan los ojos".

—Acá voy yo —exclamó Salcedo y, antes de entrar, se volvió y murmuró: —No se vayan.

—*Felice morte* —gritó Arribillaga.

Carlota pasó al lado de Arturo y dijo en voz baja:

—Vos no entres.

Antes que pudiera preguntar por qué, ella se tra-
bó en una conversación con Amenábar. El tono en
que había dicho esas tres palabras le recordó tiempos mejores.

En el teatro de títeres tocaban otro tango. Cuando Salcedo salió del Nóumeno, entró Amenábar.
Arribillaga preguntó:

—¿Qué tal?

—Nada extraordinario —contestó Salcedo.

—Explicame un poco —dijo Dillon—. Ahí adentro ¿consigo un dato para el domingo?

—Creo que no.

—Entonces no me interesa. Casi me alegro.

—Yo, en cambio, me alegro de haber entrado.

Hay una especie de máquina registradora, pero de pie, y una sala, o cabina, de biógrafo, que se compone de una silla y de un lienzo que sirve de pantalla.

—Te olvidás del proyector —dijo Carlota.

—No lo vi.

—Yo tampoco, pero el agujero está detrás de tu cabeza, como en cualquier sala, y al levantar los ojos ves el haz de luz en la oscuridad.

—La película me pareció extraordinaria. Yo sentí que el héroe pasaba por situaciones idénticas a las mías.

—¿Concluyó bien? —preguntó Carlota.

—Por suerte, sí —dijo Salcedo—. ¿Y la tuya?

—Depende. Según interpretes.

Salcedo iba a preguntar algo, pero Carlota se acercó a Amenábar, que salía del quiosco, y le preguntó cuál era su veredicto.

—Yo ni para el Nóumeno tengo veredictos. Es un juego, un simulacro ingenioso. Una novedad bastante vieja: la máquina de pensar de Raimundo Lulio, puesta al día. Casi puedo asegurar que mientras uno se limite a las teclas correspondientes a su carácter, la respuesta es favorable; pero si te da por apretar la totalidad de las teclas correspondientes a las virtudes, la inmediata respuesta es *Hipócrita,Ególatra, Mentiroso,* en tres redondelitos de luz colorada.

—¿Hiciste la prueba? —preguntó Carlota.

Riendo, Amenábar contestó que sí y agregó:

—¿Te parece poco serio? A mí me pareció poco serio el biógrafo. Qué cinta. Como si nos tomaran por sonsos.

Después de mirar el reloj Arturo dijo:

—Yo me voy.

—¿No me digas que te asusta el Nóumeno? —preguntó Dillon.

—La verdad que esa puerta alta y angosta le da aspecto de tumba —dijo Salcedo.

Carlota explicó:

—Tiene que tomar el tren de las cinco.

—Y antes pasar por casa, a recoger la valija —agregó Arturo.

—Le sobra el tiempo —dijo Salcedo.

—Quién sabe —dijo Amenábar—. Con la huelga no andan los tranvías y casi no he visto automóviles de alquiler ni coches de plaza.

Lo que vio Arturo al salir del Parque Japonés le trajo a la memoria un álbum de fotografías de Buenos Aires, con las calles desiertas. Para que esas pruebas documentales no contrariaran su convicción patriótica de que en las calles de nuestra ciudad había mucho movimiento, pensó que las fotografías debieron de tomarse en las primeras horas de la mañana. Lo malo es que ahora no era la mañana temprano, sino la tarde.

No había exagerado Amenábar. Ni siquiera se veían coches particulares. ¿Iba a largarse a pie, a Constitución? Una caminata, para él heroica, no desprovista de la posibilidad de llegar después de la salida del tren. "¿Dónde está ese ánimo? ¿Por qué pensar lo peor?", se dijo. "Con un poco de suerte encontraré algo que me lleve a Constitución." Hasta Cerrito, bordeó el paredón del Central Argentino, volviendo todo el tiempo la cabeza, para ver si aparecía un coche de plaza o un automóvil de alquiler. "A este paso, antes que las piernas se me cansa el pescuezo." Dobló por Cerrito a la derecha, subió la barranca, siguió rumbo al barrio sur. "Desde el Bajo y Callao a Constitución habrá alrededor de cuarenta cuadras", calculó. "Más vale dejar la valija." Lo malo era que de paso dejaría *La ciudad y las sierras,* que estaba leyendo. Para recoger la. valija, tendría seis cuadras hasta su casa, en la calle Rodríguez Peña y, ya con la carga a cuestas, las seis cuadras hasta Cerrito y todas las que faltaban hasta Constitución. "Otra idea", se dijo, "sería irme ahora mismo a casa, recostarme a leer *La ciudad y las sierras* frente al ventilador y postergar el viaje para mañana; pero, con la huelga, quién me asegura que mañana corran los trenes. No hay que aflojar aunque vengan degollando". Nadie venía degollando, pero la ciudad estaba rara, por lo vacía, y aun le pareció amenazadora, como si la viera en un mal sueño. "Uno imagina disparates, por la cantidad de rumores que oye sobre desmanes de los huelguistas." A la altura de Rivadavia, pasó un taxímetro Hispano Suiza. Aunque iba libre, continuó la marcha, a pesar de su llamado. "A lo mejor el chofer está orgulloso del auto y no levanta a nadie."

Poco después, al cruzar Alsina, vio que avanzaba hacia él un coche de plaza tirado por un zaino y un tordillo blanco. Arturo se plantó en medio de la calle, con los brazos abiertos, frente al coche. Creyó ver que el cochero agitaba las riendas, como si quisiera

atropellarlo, pero a último momento las tiró para
atrás, con toda la fuerza, y logró sujetar a los caba-
llos. Con voz muy tranquila, el hombre preguntó:

—¿Por suerte anda buscando que lo mate?

—Que me lleven.

—No lo llevo. Ahora vuelvo a casa. A casa cuanto antes.

—¿Dónde vive?

—Pasando Constitución.

—No tiene que desandar camino. Voy a Constitución.

—¿A Constitución? Ni loco. La están atacando.

—Me deja donde pueda.

Resignado, el cochero pidió:

—Suba al pescante. Si voy con pasajero y nos encontramos con los huelguistas, me vuelcan el coche.
Que lleve a un amigo en el pescante, ¿a quién le interesa? Hay que cuidarse, porque la Unión de Cho-
feres apoya la huelga.

—Usted no es chofer, que yo sepa.

—Tanto da. Caigo en la volteada como cualquiera.

Por Lima siguieron unas cuadras. Arturo comentó:

—Corre aire acá. Uno revive. ¿Sabe, cochero, lo
que he descubierto?

—Usted dirá.

—Que se viaja más cómodo en coche que a pie.

El cochero le dijo que eso estaba muy bueno y
que a la noche iba a contárselo a la patrona. Observó
amistosamente:

—La ciudad está vacía, pero tranquila.

—Una tranquilidad que mete miedo —aseguró Arturo.

Casi inmediatamente oyeron detonaciones y el silbar de balas.

—Armas largas —dictaminó el cochero.

—¿Dónde? —preguntó Arturo.

—Para mí, en la plaza Lorea. Vamos a alejarnos, por si acaso.

En Independencia doblaron a la izquierda y después, en Tacuarí, a la derecha. Al llegar a Garay, Arturo dijo:

—¿Cuánto le debo? Bajo acá.

—Vamos a ver: ¿viajó, sí o no, en el asiento de los amigos? —Sin esperar respuesta, concluyó el cochero: —Nada, entonces.

Porque faltaba la desordenada animación que habitualmente había en la zona, la mole gris amarillenta de la estación parecía desnuda. Cuando Arturo iba a entrar, un vigilante le preguntó:

—¿Dónde va?

—A tomar el tren —contestó.

—¿Qué tren?

—El de las cinco, a Bahía Blanca.

—No creo que salga —dijo el vigilante.

"Con tal que atiendan en la boletería", se dijo Arturo. Lo atendieron, le dieron el boleto, le anunciaron:

—El último tren que corre.

En el momento de subir al vagón se preguntó qué sentía. Nada extraordinario, un ligero aturdimiento y la sospecha de no tener plena conciencia de los actos y menos aún de cómo repercutirían en su ánimo. Era la primera vez, desde que ella lo dejó, que salía de Buenos Aires. Había pensado que la falta de Carlota sería más tolerable si estaban lejos.

Se encontró en el tren con el vasco Arruti, el de la panadería La Fama, reputada por la galleta de hojaldre, la mejor de todo el cuartel séptimo del partido de Las Flores. Arturo preguntó:

—¿Llegamos a eso de las ocho y media?

—Siempre y cuando no paren el tren en Talleres y nos obliguen a bajar.

—¿Vos creés?

—La cosa va en serio, Arturito, y en Talleres hay muchos trabajadores. Nos mandan a una vía muerta, si quieren.

—No sé. Los trabajadores están cansados.

Pasaron de largo Talleres y Arruti dijo:

—Tengo sed.

—Vayamos al vagón comedor.

—Ha de estar cerrado.

Estaba abierto. Pidió Arturo una Bilz, y un Pernod Arruti, que explicó:

—Lo que tomábamos con tu abuelo, cuando iba a la estancia, a jugar a la baraja.

—Eso fue en los últimos años de mi abuelo. Antes lo acompañabas a cazar.

De nuevo hablaron de la huelga. Con algún asombro, Arturo creyó descubrir que Arruti no la condenaba y le preguntó:

—¿No estás en contra de la huelga porque pensás que de una revolución va a salir un gobierno mejor que el de ahora?

—No estoy loco, che —replicó Arruti—. Todos los gobiernos son malos, pero a un mal gobierno de enemigos prefiero un mal gobierno de amigos.

—¿El que tenemos es de enemigos?

—Digamos que es de tu gente, no de la mía.

—No sabía que vos y yo fuéramos enemigos.

—No lo somos, Arturo, ni lo seremos. Ni tú ni yo estamos en política. Una gran cosa.

—Sin embargo, apostaría que tomamos las ideas más a pecho que los políticos.

—Esa gente no cree en nada. Sólo piensan en abrirse paso y mandar.

Imaginó cómo iba a referirle a Carlota esta conversación. Recordó, entonces, lo que había pasado. Se dijo: "Debo sobreponerme", pero tuvo sentimientos que tal vez correspondieran a una frase como: "¿Para qué vivir si después no puedo comentar las cosas con Carlota?"

Arruti, que era un vasco diserto, habló de su infancia en los Pirineos, de su llegada al país, de sus primeras noches en Pardo, cuando se preguntaba si el rumor que oía era del viento o de un malón de indios.

A ratos Arturo olvidó su pena. Lo cierto es que el viaje se hizo corto. A las ocho y media bajaron en la estación Pardo.

—Seguro que Basilio vino con el *break* —dijo—. ¿Te llevo?

—No, hombre —contestó Arruti—. Vivo demasiado cerca. Eso sí: una tarde caigo de visita en la estancia. Esta vuelta vas a quedarte más de lo que tienes pensado.

Basilio, el capataz, los recibió en el andén. Preguntó:

—¿Qué tal viaje tuvieron? —y agregó después de agacharse un poco y llevar la mirada a una y otra mano de Arturo—: ¿No olvidaste nada, Arturito?

—Nada.

—¿Qué debía traer? —preguntó Arruti.

—Siempre viene con valijas cargadas de libros. Hay que ver lo que pesan.

Arruti se despidió y se fue. Arturo preguntó:

—¿Cómo andan por acá?

—Bien. Esperando el agua.

—¿Mucha seca?

—Se acaba el campo, si no llueve.

Emprendieron el largo trayecto en el *break*. Hubo conversación, por momentos, y también silencios prolongados. Todavía no era noche. Distraídamente Arturo miraba el brilloso pelo del zaino, la redondez del anca, el tranquilo vaivén de las patas, y pensaba: "Para vida agitada, el campo. Uno se desvive porque llueva o no llueva, o porque pase la mortandad de los terneros... Lo que es yo, no voy a permitir que me contagien la angustia". Iba a agregar "por lo menos hasta mañana a la mañana", cuando se acordó de la otra angustia y se dijo: "Qué estúpido. Todavía tengo ganas de hacerme el gracioso".

Llegaron a la estancia por la calle de eucaliptos. Era noche cerrada. La casera le tendió una mano blanda y dijo:

—Bien ¿y usted? ¿Paseando?

En el patio había olor a jazmines; en la cocina y el

cuartito de la caldera, olor a leña quemada; en el comedor, olor a la madera del piso, del zócalo, de los muebles.

Poco después de la comida, Arturo se acostó. Pensaba que lo mejor era aprovechar el cansancio para dormirse cuanto antes. Un silencio, apenas interrumpido por algún mugido lejano, lo llevó al sueño.

Vio en la oscuridad un telón blanco. De pronto, el telón se rajó con ruido de papel y en la grieta aparecieron, primero, los brazos extendidos y después la querida cara de Carlota, aterrada y tristísima, que le gritaba su nombre en diminutivo. Repetidamente se dijo: "No es más que un sueño. Carlota no me pide socorro. Qué absurdo y presuntuoso de mi parte pensar que está triste. Ha de estar muy feliz con el otro. Al fin y al cabo este sueño no es más que una invención mía". Pasó el resto de la noche en cavilaciones acerca del grito y de la aparición de Carlota. A la mañana, lo despertó la campanilla del teléfono.

Corrió al escritorio, levantó el tubo y oyó la voz de Mariana, la señorita de la red local de teléfonos, que le decía:

—Señor Arturo, me informan de la oficina de la Unión Telefónica de Las Flores que lo llaman de Buenos Aires. Se oye mal y la comunicación todo el tiempo se corta. ¿Paso la llamada?

—Pásela, por favor.

Oyó apenas:

—Un rato después de salir del Parque Japonés… Imagino cómo te caerá la noticia… Encontraron el cuerpo en la gruta de las barrancas de la Recoleta.

—¿El cuerpo de quién? —gritó Arturo—. ¿Quién habla?

No era fácil de oír y menos de reconocer la voz entrecortada por interrupciones, que llegaba de muy lejos, a través de alambres que parecían vibrar en un vendaval. Oyó nuevamente:

—Después de salir del Parque Japonés.

El que hablaba no era Dillon, ni Amenábar, ni Arribillaga. ¿Salcedo? Por eliminación quizá pareciera el más probable, pero por la voz no lo reconocía. Antes que se cortara la comunicación, oyó con relativa claridad:

—Se pegó un balazo.

La señorita Mariana, de la red local, apareció después de un largo silencio, para decir que la comunicación se cortó porque los operarios de la Unión Telefónica se plegaron a la huelga. Arturo preguntó:

—¿No sabe hasta cuándo?

—Por tiempo indeterminado.

—¿No sabe de qué número llamaron?

—No, señor. A veces nos llega la comunicación mejor que a los abonados. Hoy, no.

Después de un rato de perplejidad, casi de anonadamiento, por la noticia y por la imposibilidad de conseguir aclaraciones, Arturo exclamó en un murmullo: "No puede ser Carlota". La exclamación velaba una pregunta, que formuló con miedo. El resultado fue favorable, porque la frase en definitiva expresaba una conclusión lógica. Carlota no podía suicidarse, porque era una muchacha fuerte, consciente de tener la vida por delante y resuelta a no

desperdiciarla. Si todavía quedaba en el ánimo de
Arturo algún temor, provenía del sueño en que vio
la cara de Carlota y oyó ese grito que pedía socorro.
"Los sueños son convincentes", se dijo, "pero no
voy a permitir que la superstición prevalezca sobre
la cordura. Es claro que la cordura no es fácil cuando hubo una desgracia y uno está solo y mal infor-
mado". De pronto le vinieron a la memoria ciertas
palabras que dijo Dillon, cuando iban al Parque Japonés. Tal vez debió replicarle que el suicida es un
individuo más impaciente que filosófico: a todos
nos llega demasiado pronto la muerte. Recapacitó:
"Sin embargo fui atinado en no insistir, en no dar
pie para que Dillon dijera de nuevo que pegarse un
tiro era la mejor solución. No creo que lo haya hecho… Si me atengo a lo que dijo en broma, o en serio, podría pegarse un tiro después de perder en el
hipódromo. Ayer no fue al hipódromo, porque no
era domingo". En tono de intencionada despreo-
cupación agregó: "¿Qué carrerista va a matarse en
vísperas de carreras?"

    ¿Quiénes quedaban? "¿Amenábar? No veo por
qué iba a hacerlo. Para suicidarse hay que estar en
la rueda de la vida, como dicen en Oriente. En la
carrera de los afanes. O haber estado y sentir desilusión y amargura. Si no se dejó atrapar nunca por
el juego de ilusiones ¿por qué tendría ahora ese
arranque?" En cuanto a Carlota, la única falta de
coherencia que le conocía era Salcedo. Algo que lo
concernía tan íntimamente quizá lo descalificara
para juzgar. Si la imaginaba triste y arrepentida

hasta el punto de suicidarse, caería en la clásica, y sin duda errónea, suposición de todo amante abandonado. Pensó después en Arribillaga y en sus ambiciones, acaso incompatibles: un perfecto caballero y un popular caudillo político. Por cierto, el más frecuente modelo de perfecto caballero es un aspirante a matón siempre listo a dar estocadas al primero que ponga en duda su buen nombre y también dispuesto a defender, sin el menor escrúpulo, sus intereses. Es claro que el pobre Arribillaga quería ser un caballero auténtico y un político merecidamente venerado por el pueblo y tal vez ahora mismo jugara con la idea de empuñar el volante de su Pierce Arrow y darse una vuelta por la fábrica de Vasena y arengar a los obreros huelguistas. ¿Y Perucho Salcedo? "Supongamos que no fue el que llamó por teléfono: ¿tenía alguna razón para suicidarse? ¿Un flanco débil? ¿La deslealtad con un amigo? Birlar la mujer del amigo ¿es algo serio? Además ¿cómo opinar sin saber cuál fue la participación de la mujer en el episodio?" Se dijo: "Mejor no saberlo".

A lo largo del día, de la noche y de los tres días más que pasó en el campo, Arturo muchas veces reflexionó sobre las razones que pudo tener cada uno de los amigos, para matarse. En algún momento se abandonó a esperanzas no del todo justificadas. Se dijo que tal vez fuera más fácil encontrar un malentendido en la comunicación telefónica del viernes, que una razón para matarse en cualquiera de ellos. Sin duda la comunicación fue confusa, pero el sentido de algunas frases era evidente y no dejaba muchas esperanzas: "Imagino cómo te caerá la noticia", "encontraron el cuerpo en la gruta de la Recoleta", "se pegó un balazo". También se dijo que llevado por una impaciencia estúpida emprendió esa investigación y que más valía no seguirla. Quizá fuera menos desdichado mientras no identificara al muerto.

En la última noche, en un sueño, vio un salón ovalado, con cinco puertas, que tenían arriba una inscripción en letras góticas. Las puertas eran de madera rubia, labrada, y todo resplandecía a la luz de muchas lámparas. Porque era miope debió acercarse para leer, sobre cada puerta, el nombre de uno de sus amigos. La puerta que se abriera correspondería al que se había matado. Con mucho temor apoyó el picaporte de la primera, que no cedió, y después repitió el intento con las demás. Se dijo: "Con todas las demás", pero estaba demasiado confuso como para saberlo claramente. En realidad no deseaba encontrar la puerta que cediera.

A la mañana le dijeron que se había levantado la huelga y que los trenes corrían. Viajó en el de las doce y diez.

Apenas pasadas las cinco, bajaba del tren, salía de Constitución, tomaba un automóvil de alquiler. Aunque nada deseaba tanto como llegar a su casa, dijo al hombre:

—A Soler y Aráoz, por favor.

En ese instante había sabido cuál de los amigos era el muerto. La brusca revelación lo aturdió. El chofer trató de entablar conversación: preguntó desde cuándo faltaba de la capital y comentó que, según decían algunos diarios, se había levantado la huelga, lo que estaba por verse. Quizás en voz alta Arturo pensó en el suicida. Murmuró:

—Qué tristeza.

No le quedó recuerdo alguno del momento en que bajó del coche y caminó hacia la casa. Recordó, en cambio, que abrió el portón del jardín y que la puerta de adentro estaba abierta y que de pronto se encontró en la penumbra de la sala, donde Carlota y los padres de Amenábar estaban sentados, inmóviles, alrededor de la mesita del té. Al ver a su amiga, Arturo sintió emoción y alivio, como si hubiera temido por ella. Trabajosamente se levantaron la señora y el señor. Hubo saludos; no palmadas ni abrazos. Ya se preguntaba si lo que había imaginado sería falso, cuando Carlota murmuró:

—Traté de avisarte, pero no conseguí comunicación.

—Creo que me llamó Salcedo. No estoy seguro. Se oía muy mal.

La señora le sirvió una taza de té y le ofreció tostadas y galletitas. Después de un rato anunció Carlota:

—Es tarde. Tengo que irme.

—Te acompaño —dijo Arturo.

—¿Por qué se van tan pronto? —preguntó la señora—. Mi hijo no puede tardar.

Cuando salieron, explicó la muchacha:

—La madre se niega a creer que el hijo ha muerto. Me parece natural. Es lo que todos sentimos. ¿Por qué no quiso vivir?

—Amenábar era el único de nosotros que no se permitía incoherencias.

Trío

1.
Johanna

Tal vez porque me gustan los libros de memorias, quiero escribir uno, pero en cuanto me pongo a recordar, me pregunto ¿a quién voy a divertir con esto? No fui a una guerra, no me dediqué al espionaje, no cometí asesinatos, ni siquiera intervine en política. Parece inevitable que mi libro consista en descripciones de estados de ánimo, como los cuentos que me traen escritores primerizos y vanidosos. Un colega me dijo: "El que se demora demasiado en examinar sus proyectos, no los ejecuta. Para escribir no hay mejor receta que escribir". No sé por qué estas palabras me comunicaron confianza. La aprovecharé para contarles un episodio ocurrido a lo largo de tres noches de 1929.

En la primera, una noche de luna, me crucé en la calle Montevideo, entre Quintana y Uruguay, con

un grupo de personas que reían y cantaban. Una muchacha me llamó la atención, por su belleza, por sus
facciones tan nítidas, por la blancura de la cara. Debí mirarla con algún detenimiento, porque me hizo
una reverencia, más alegre que burlesca. En los días
que siguieron volví, con diversos pretextos, a ese tra-
mo de la calle Montevideo.

Por último la encontré. Se llamaba Johanna
Glück, era descendiente del músico, había nacido en
Austria, se había educado en Buenos Aires, mejor dicho en Belgrano, estaba casada con un viejo señor
muy serio, un juez en lo penal, el doctor Ricaldoni.
Esa noche, la segunda de la serie, en un hotel de las
barrancas de Vicente López (el caserón de una antigua quinta, con un vasto jardín del que recuerdo un
eucalipto y la vista al río) me contó que la noche que
nos cruzamos en la calle Montevideo soñó que yo la
robaba en un automóvil Packard. Me sentí halagado,
sobre todo por mi papel en el sueño, pero también
por el automóvil. La vanidad es bastante grosera.

Volvimos en tren a Buenos Aires. La acompañé
hasta su casa, en la calle Tucumán. Eran casi las dos
de la mañana.

—Es tarde. Ojalá que no tengas un disgusto con
tu marido.

—No te preocupes —me contestó—. Yo me arreglo.

Quise creerle, aunque mi experiencia de muchacho supersticioso me enseñaba que basta ceder
un instante a los halagos de la vanidad, para recibir
castigo.

Al día siguiente me despertó el teléfono. La reconocía aunque hablaba en un murmullo. Me decía:

—Adiós. Nos vamos a la quinta en Pilar. Le conté todo a mi marido. Perdoname.

"Le previne", pensé con alguna irritación. "La pobre estaba tan segura. ¿Qué puedo hacer? Por ahora, nada. Esperar que se presente la oportunidad."

Como faltaba poco para los exámenes, decidí estudiar. No logré concentrarme. En realidad, no sabía qué hacer conmigo. ¿Por qué me pidió que la perdonara? ¿Al decir "adiós" me dijo "hasta la vuelta" o "adiós para siempre"? Yo no sabía que la quería tanto.

Sin duda la comunicación fue demasiado rápida y dejó demasiado por aclarar. Porque no sabía qué hacer recorrí en un diario la columna de avisos de automóviles de segunda mano. Leí: *Packard 1924, 12 cilindros, estado inmejorable, $ 600, casa Landivar* y un número de la calle Florida. Después miré el programa de los cines. Nada de lo que me anunciaban me atraía. En el Petit Splendid daban *El Sheik,* película que había visto años atrás y de la que sólo recordaba, o creía recordar, a Rodolfo Valentino, vestido de árabe, a caballo, con la heroína en ancas.

Llamó el teléfono. Atendí precipitadamente y me llevé un desencanto: no oí la voz que esperaba, sino la de un amigo, que me proponía un trabajo. La traducción del francés, para un estudio jurídico, de ciertos documentos de una querella por uso indebido del nombre de una famosa agua de Colonia.

—Pagan bien —dijo el amigo—. Cien pesos por página.

"Que se los guarden", iba a replicar, pero reflexioné que al menos por un rato ese trabajo me obligaría a pensar en otra cosa, y acepté. Después de prevenir a mi madre que no almorzaría en casa, me largué al estudio.

Revisé los documentos y pregunté:

—¿Cuándo hay que entregar la traducción?

—Hoy.

Me llevaron a un cuartito, donde había máquina de escribir y todo lo necesario, inclusive un diccionario francés-español y uno francés, de derecho y jurisprudencia. Estuve atareado hasta promediar la tarde, sin más interrupción que la de una tacita de café negro. Traduje, corregí, pasé a máquina. Entregué seis páginas. Con seiscientos pesos en el bolsillo fui lo más rápidamente que pude a la casa Landívar.

El Packard era un armatoste gris, de capot larguísimo, bordeado por dos hileras de bulones que le daban aspecto de tanque blindado. Tenía la capota como nueva y llevaba parantes laterales, o cortinas, con sus ventanitas de mica. Salí a probarlo, acompañado del vendedor, señor Vilela: criollo, moreno, petiso, flaco, huesudo, peinado con gomina, de traje cruzado. Cuando llegamos de vuelta a la agencia, me preguntó:

—¿Qué nota vas a ponerle, pibe?

—¿Al Packard? ¡Diez puntos! Pero quiero hacer una pregunta estúpida. ¿No tendrá alguna falla secreta?

—Mirá, pibe, a vos no te miento. El Packard 12 es un gran auto, con una falla secreta, que todo el mundo conoce. Es gastador. Veinte litros cada cincuenta kilómetros. Yo que vos me compraba un Packard menos poderoso. Te va a salir más caro, pero más barato. No sé si me explico.

—Entonces, no compro.

—¿Un antojo por el 12 cilindros?

—No es eso. Tengo seiscientos pesos y chauchas. El coche y la nafta.

—El antojo, pibe, es mal consejero. ¿Vas a pagar en efectivo?

—En efectivo, si me lo llevo ahora.

—Con un permiso por tres días. Mañana o pasado me llamás, nos damos una vueltita por la Dirección de Tráfico y ponemos todo en regla. Eso sí, pibe, no dejes que el Packard se te suba a la cabeza y te estrelles por ahí.

—¿Le parece que puedo largarme a Pilar?

—¿Por qué no?

—Por las lluvias de anoche.

—Bajo mi responsabilidad. El Packard 12 es un tractor para el barro.

(La historia ocurrió antes de 1930. Los caminos eran de tierra.)

Si mal no recuerdo, por la avenida San Martín salí de Buenos Aires. No tardé en tomarle la mano al coche. Al principio fui más bien prudente, pero a la altura de San Miguel noté que no había auto que no dejara atrás y entré en Pilar manejando con insolencia, como si gritara: "Abran paso, acá voy yo".

Es verdad que no había a quién gritar. Toda la gente debía de estar metida en su casa: era la hora de comer. A un transeúnte solitario le pregunté dónde quedaba la quinta de Ricaldoni. La explicación resultó demasiado larga para mi capacidad de atención. Consulté a un segundo transeúnte y todavía pasé un rato dando vueltas, antes de acertar con la quinta.

Iba a decir al que me abriera: "Quiero hablar con la señora". Abrió el marido. "Mejor así", reflexioné. "Menos postergaciones." Dije:

—Quiero hablar con Johanna.

—Pase, por favor —me contestó.

Era un hombre alto, pálido, sin duda más joven de lo que yo suponía. Aunque esta circunstancia, un cambio en la situación prevista, me desconcertó un poco, reflexioné: "Mejor así. Pelearse con un viejo tiene que ser desagradable".

Pasé a un salón, creo que bien amueblado. Había una chimenea con el fuego encendido y flores en los floreros. Una escalera llevaba al piso alto.

—Vengo a buscar a Johanna —dije.

—Celebro que haya venido. A veces, hablando uno se entiende.

—Quiero hablar con ella.

—Cuando oí el timbre, bajé a abrir, porque sabía que era usted.

—¿Cómo sabía?

—Usted la conoce a Johanna. Mi mujer tiene el don de hacernos ver las personas que nos describe.

Me impacientaba la conversación y no quería oír lo que Ricaldoni iba a decirme. También me moles-

taba (aunque no sabía por qué) ese cuarto con sillo-
nes que invitaban a quedarse, con la chimenea y las
flores, con fotografías de Johanna riendo como en la
primera noche, en la calle Montevideo, a la luz de la
luna. Traté de argumentar, pero la dificultad de or-
denar los pensamientos me desanimó. Para concluir
de una vez, dije, levantando la voz:

—Si no la llama, voy a buscarla.

—No lo haga —dijo Ricaldoni.

—¿Por qué? —pregunté a gritos—. ¿Usted no me
deja? Ya verá.

—¿Qué pasa? —preguntó desde lo alto Johanna.

Estaba apoyada en la baranda de la escalera. Me
pareció más linda que nunca, más pálida y muy seria. El pelo le caía sobre los hombros.

—Vine a buscarte —le grité.

Dijo:

—¿A buscarme? Nadie me preguntó si yo quería.

Hubo un silencio. Por último dijo Ricaldoni:

—Yo hablaré con el joven.

—Te lo voy a agradecer —dijo Johanna.

Se fue. Oí que cerraba una puerta.

—No entiendo —dije como un autómata.

—¿Porque usted la quiere? Nosotros también nos
queremos.

Murmuré:

—Yo pensé que ella…

Al notar que yo no concluía la frase, dijo:

—Ya lo sé, y me hago cargo: debe de ser penoso.
Permítame ahora que le explique cómo veo el asunto. Lo de ustedes es el impulso de un momento. No

es nada, no ha pasado nada. Lo nuestro es la vida misma.

¿Le habría mentido Johanna? No supe qué pensar, pero entendí que sobre la cuestión no debía pedir aclaraciones. Alegué entonces:

—¿Y por qué lo nuestro no será un día la vida misma?

—¿Por qué no? Sin embargo, lo más probable es que para usted sea un episodio, al que seguirán otros. La vida es larga y la tiene por delante. Johanna y yo la recorrimos juntos.

"Una cantinela que debo oír por ser joven", me dije, pero también pensé que si Johanna no me quería de veras, el hombre tenía razón. Me sentí vencido y murmuré:

—Me voy.

Estaba tan perturbado que al salir de la quinta me pregunté si, para volver a Buenos Aires, había que doblar a la derecha o a la izquierda. Doblé a la izquierda. Primero pensé que era triste haber concluido así con Johanna y al rato me pregunté si no me faltó coraje. Puede ser, pero la otra posibilidad era pelear, de mala fe y como un insensato. Por cierto, después de mi llegada en el Packard (ya me veía como el sheik a caballo, seguro de raptar a la heroína), me retiraba echado por ella y por el marido (peor aún: echado paternalmente por el marido). El desenlace era doloroso para la vanidad, pero no veía cómo encontrar una solución mejor.

2.
Dorotea

El camino, ancho y firme al principio, a poco andar se encajonó entre hileras de árboles muy altos y se volvió barroso. Pensé: "En cuanto pueda, maniobro y me voy por donde vine. Éste no puede ser el camino a Buenos Aires". De pronto vi a un hombre que se ocultaba o, más probablemente, se parapetaba detrás de un árbol, para evitar que lo encandilara con los faros. Quizá yo cavilara aún sobre mi falta de coraje frente a Ricaldoni, porque me dije: "Dos veces, no" y paré el coche.

—¿Voy bien para Buenos Aires? —pregunté.

—Va bien para el Open Door.

El hombre se asomó, sonrió y me miró con ojos que no parpadeaban. Era bajo, fornido, de pelo revuelto y barba crecida, de tez blanca, aunque todo él parecía oscuro y rojizo, con algo de carbón incandescente. Pensé: "Parece escapado del Open Door". No niego que los locos me asustan. Pregunté:

—¿Podré dar la vuelta?

—Y encajarse —contestó—. A unos quinientos metros hay una loma de piso firme.

—¿Lo llevo hasta la loma?

—Si no es molestia. —Subió, se acomodó y comentó: —Se está bien acá.

Puse primera, aceleré, rugió el motor, las ruedas giraron velozmente. El coche quedó donde estaba.

—Así lo empantana más —previno el hombre. Bajó, recogió ramas, las puso debajo de las ruedas de atrás y dijo: —Cuando le avise, arranque. Yo empujo.

De nuevo las ruedas giraron sin que el coche se moviera. El hombre se asomó. La cara, salpicada de barro, parecía más pálida y casi patética. Dijo:

—Voy a juntar más ramas.

Se desató un chaparrón. A través de la mica de las cortinas pude ver cómo el agua le limpiaba la cara y lo empapaba. Entreabriendo la puerta dije:

—Suba.

—Un gran coche —comentó—. Cuando pare el agua, pongo otras ramas y va a salir. Andar en un coche así es un lujo.

En un impulso de generosidad le dije que lo llevaría a su casa. Después de una pausa, pregunté:

—¿Dónde vive?

—En Open Door. Más precisamente, en el Open Door. El manicomio, ¿sabe? No se preocupe: me llevaron por loco, pero no estoy loco. Un médico, del que me hice amigo, consiguió que me dieran cama y comida, a cambio de trabajitos en la instalación eléctrica, que es un desastre. Soy electricista aficionado, *amateur*. Eso es lo que soy. No lo que fui.

—¿Qué fue?

—Hará cosa de veinte años, en otra vida según me parece, fui profesor de literatura.

—¿En la facultad?

—En un liceo. Enseñar me gustaba mucho, pero un día tuve que renunciar porque me llevaba mal con la directora.

—¿Y con las alumnas?

—Muy bien.

—¿Queda lejos el Open Door?

Sacudió la cabeza y dijo:

—No, y ya me acostumbré a estas caminatas. ¿Para qué va a desandar camino? ¿Cómo se extravió?

—Nunca estuve en la zona.

—¿No me diga que vino buscando alguna mujer?

—¿Por qué se le ocurre eso?

—Por nada. Locuras mías.

Parecía cuerdo, pero el hecho de que viviera en un manicomio me alarmaba y empecé a preguntarme si me tocaría estar mucho tiempo con un loco, encerrado en el auto, un cuartito más oscuro que la noche, azotado por la lluvia y por ráfagas de viento que lo estremecían como si fueran a voltearlo y arrastrarlo.

—¿Su amigo es el médico que lo atiende?

—No me atiende ningún médico. Mi amigo, el doctor Lucio Herrera, es el médico que me revisó cuando llegué. Tuvimos una larga conversación.

—Lo que siempre pasa.

—Yo le conté mi historia y él me contó la suya.

—¿El médico le contó su historia?

—La historia de su vida. Bastante dolorosa, le aseguro. ¿Quiere oírla?

Dije que sí. En las circunstancias, no iba a desperdiciar nada que pudiera distraerme. Contó:

El médico y su mujer, Dorotea Lartigue, tuvieron una hija llamada Dorotea. Se querían, durante años fueron felices, pero llevado por su vocación, el médico se dejó acaparar por el trabajo, que era excesivo, y solía volver a su casa con los nervios alterados. Se disgustaron. A fuerza de conversaciones francas, llegaron a la ruptura y a la separación. Después de un tiempo, la mujer partió a Francia, con la hija, a visitar a unos parientes.

—¿Él no se opuso?

—No tenía por qué. Nunca dejó de quererla. La respetaba, la consideraba una persona de criterio.

Retomó el relato: el doctor Herrera se entregó al trabajo, porque era su pasión y también, lo confesó, porque así ocupaba la mente. A medida que pasaban los años, la ausencia de la mujer se le volvía más dolorosa. Se dijo que por mucho que la hubiera querido, mientras fueron felices no entendió cuánto la necesitaba. Sin ella estaba solo. En el hospital donde trabajaba (si la memoria no me engaña, el Hospicio de las Mercedes) conoció a la delegada de una sociedad de beneficencia, una señorita joven, alta, rubia, pecosa, muy derecha, que le recordó a Dorotea. "En un rápido golpe de vista, podía confundirla", dijo el doctor. El parecido provenía menos de las facciones que de la manera de moverse y del color de la piel y del pelo. En cuanto vio a esa joven, se sintió atraído y empezó a quererla. Reprimía apenas las ganas de decirle que la quería porque le recordaba a su mujer. Quizás el afán de hablar de Dorotea lo llevó a razonar que si el parecido consistía en un cierto encanto, debía de provenir de afinidades que eliminaban el riesgo de un rechazo. Al oír el nombre, la delegada preguntó: "¿Dorotea qué?" "Lartigue", contestó, y le preguntó si nadie le había dicho que se parecían. "Yo no lo hubiera tolerado." Por la confusión en la que se hallaba, perdió algunas palabras, pero oyó claramente: "Una loca, el hazmerreír de los hombres". Dominándose como pudo, preguntó si la conocía personalmente. No, aunque vivieron en la misma casa, de la Avenida de Mayo, en el tercer piso ella, con su madre y su hermana, en el quinto Dorotea. (Herrera confirmó: a poco de separarse, Dorotea se mudó a un departamento en la Avenida de Mayo.) La delegada explicó que el ascensor era negro de hierro forjado, con firuletes y rosetas. "Una jaula rococó." "No es necesario que lo describa", dijo él. "Muy necesario. Mi hermano, una noche que volvió tarde, me contó que esa loca le pidió que le hiciera el amor antes de llegar al tercer piso. De no ser el ascensor una jaula transparente, el portero no ve nada." Con un resto de voz preguntó el pobre Herrera: "¿Qué vio?" "Con sus propios ojos, el cuadro vivo que representó la tipa. El gallego tenía labia y con dos o tres detalles bien elegidos pintó una escena que no olvidaré."

Como el hombre se había callado, dije:

—Qué desilusión para su médico.

—Más bien espanto y, en seguida, furia contra la delegada, por decir lo que dijo y también un impulso de proteger a Dorotea, su único amor.

—¿Y no sintió contra ella ningún resentimiento?

—Tal vez lo sintiera, pero cuando contó la historia no se acordó de mencionarlo. En todo caso, pasada la primera impresión, el doctor comprendió que

el episodio dejaba ver la soledad en que nos encontramos después de separarnos de una persona querida. "Yo también estaba desesperado", me explicó.
"Si no fuera así, no hubiera descubierto en esa delegada un parecido inexistente." Comprendió que Dorotea y él, por enojo, por amor propio, habían come-
tido un error imperdonable. Quiso correr a sus
brazos y decirle que no podía vivir sin ella.

—¿Dónde estaba la mujer? —pregunté.

—Se había quedado en Francia. En una ciudad del
sur. Pau, creo que se llama.

—¿Su amigo Herrera tomó el primer barco?

—Escribió para anunciar el viaje. No iba a apare-
cer de repente, como un loco, y decir: "Vengo a buscarte". Hacía tiempo que no recibía cartas de Dorotea. A ninguno de los dos le gustaba escribir, pero
ella, de tanto en tanto, le mandaba unas líneas para
informarlo sobre la salud y la marcha de los estudios
de la hija.

—¿Y qué pasó?

—Finalmente recibió la carta. Con mano ansiosa abrió el sobre y sacó una hoja escrita a máquina,
firmada *Dorotea*. Antes de leerla, dio una ligera re-
corrida a los renglones. Se detuvo en las palabras
Mamá estuvo enferma y murió el 17 de abril. Se preguntó: "¿Cómo? La señora (así llamaba a la suegra)
murió hace años". Leyó el último renglón: *Tu hija Dorotea*. Releyó la frase porque le costaba entender. *Mamá estuvo enferma y murió el 17 de abril*. En
esas pocas palabras procuraba encontrar algo que
no hubiera advertido, una explicación, tal vez mági-

ca, todavía probable para él, de que la noticia no era la que tenía ante los ojos. De nuevo releyó la carta. Por algunas referencias y, más que nada, por el tono, comprendió que su hija se había sobrepuesto a la pena. Vivía, ahora, con una tía, Evangelina Bellocq, en Burdeos y acababa de obtener las más altas clasificaciones en exámenes de primer año de arquitectura.

El pobre Herrera estaba tan mal que reaccionó con despecho ante esas informaciones de triunfos universitarios. Postergó la respuesta, porque no tenía ánimo para ponerse a escribir, y el viaje a Francia, porque no quería presentarse ante su hija, hasta sentirse capaz de dominar la desesperación.

Ahora veía la soledad anterior como una trampa que le había tendido el amor propio y de la que hubiera salido con un poco de buena voluntad. Ahora sabía lo que era estar irremediablemente solo. A menos, pensó...

—A menos ¿qué?

—A menos que olvidara su resentimiento contra esa hija que lo había disgustado, tal vez por torpe, no por insensible. Algo de la madre encontraría en ella, por ser la hija y por vivir juntas. ¿Cuántos años? Muchos más de los que él vivió con Dorotea. De nuevo escribió, para anunciar su llegada, y partió sin esperar respuesta.

El viaje por mar le pareció interminable. Al final de la última noche, en la bahía de la Vizcaya, el barco pasó de pronto de los crujientes zarandeos a una navegación deslizada, de extraordinaria serenidad. Herrera se levantó y subió a cubierta. Era una mañana luminosa. Por un río de color verde claro, a través de campo tendido y verde, llegó a Burdeos. Siempre me describía todo esto como si volviera a verlo. Pensó que una llegada tan espléndida debía de ser de buen augurio.

La lenta navegación por el río, las maniobras junto al muelle, el desembarco, llevaron toda la mañana. Tomó un taxi para ir al hotel: el Pyrenée, si mal no recuerdo. Dejó el equipaje en el cuarto, bajó al restaurante, almorzó con apuro. Después preguntó al conserje si la calle donde vivía la señora Bellocq quedaba lejos. "A diez minutos", dijo el hombre. Eran las tres de la tarde. Ya salía, pero recapacitó: "Con este calor quizá duerman la siesta". Para no llegar intempestivamente, se demoró un rato por los alrededores del hotel y, sin advertirlo, se alejó. A eso de las cuatro se presentó en la casa de la señora Bellocq. La portera le dijo que todo el mundo había partido de vacaciones. "¿La señorita Herrera, también?" preguntó. "¿La señorita Herrera? No conozco", respondió la portera, y agregó que la señora Bellocq había partido con el señor y la señora Poyaré. Repetía, con un vaivén de la cabeza: "Todo el mundo a Pau, todo el mundo a Pau".

Volvió al hotel y preguntó al conserje dónde la gente estudiaba arquitectura en Burdeos. El hombre le dijo que en la Escuela de Bellas Artes. Preguntó si quedaba lejos. No, pero la encontraría cerrada. "Todo está cerrado", aseguró el conserje. "Es agosto, las vacaciones son largas, hay que cosechar la uva." Herrera dijo que por si acaso pasaría por la Escuela y

preguntó cómo ir. "Como a la iglesia Sainte Croix."
"¿Y cómo voy a la iglesia?"

La explicación fue clara y el trayecto largo. Por
cierto la Escuela estaba cerrada. No había timbre.
Llamó con un pesado eslabón de hierro. Un bedel,
que por fin entreabrió, la puerta, dijo: "¿Una estudiante de nombre Herrera? No conozco. Y mire que
no es fácil que a mí se me traspapele una mujer".

Esa tarde viajó en tren, a Pau. Cuando llegó al hotel le dijeron: "Ya hemos servido la cena, pero si baja a nuestro restaurante, veremos que no se muera
de hambre". El restaurante, que estaba en la penumbra, tenía una sola mesa, muy larga (como el comedor de una casa en que vive una familia numerosa).
Lo iluminaron parcialmente y le dijeron: "Buen pro-
vecho". Porque la comida le gustó, pero sobre todo
porque estaba nervioso, comió demasiado.

A pesar del cansancio, durmió bastante mal. Tuvo sueños desagradables. En un sueño, los brillan-
tes exámenes de la hija eran mentira; en otro, la buscaba por toda Europa y por el norte de África. En una
casa de baños turcos, de mala fama, en la ciudad de
Marruecos, estaba a punto de encontrarla, cuando
despertó.

A las siete bajó al restaurante, a tomar el desayuno. Ya había gente alrededor de la mesa. Una suerte
de Hércules, de traje impecable y ajustado, se levantó, le estrechó la mano. "Me llamo Casau", dijo. "Por
el señor Casterá, el hotelero, supe que el señor es argentino. Yo voy todos los años a Buenos Aires y debo muchas atenciones a los argentinos. Me pongo a

su disposición." Herrera le preguntó si iba a Buenos Aires por negocios. El Hércules contestó: "En cierto modo. Lucha grecorromana en el Casino. Con toda la troupe, Constant le Marin, el vasco Ochoa, etcétera. Y a usted ¿qué lo trae por acá". "He venido a visitar a mi hija", dijo Herrera. "En Pau tuvimos una señora, que falleció, y una señorita, de su mismo nombre." "Mi señora y mi hija." Casau explicó: "Ya no es la señorita Herrera. Es la señora Poyaré. Como usted sabrá, la boda fue en julio". Uno de los que desayunaban terció: "Poyaré, con un tal Lacoste, se metió en un negocio de tisanas. Lacoste las trae de las altas montañas (dijo *hautes montagnes,* aspirando la hache) y Poyaré las distribuye por las farmacias. No creo que se hagan ricos". Herrera dijo: "Voy a pasar por la Villa Xilá, de los Lartigue, a ver si están". "¿Para qué se va a costear?", preguntó Casau. "Yo averiguo por teléfono."

Muy pronto volvió y dijo: "Están en Salies de Bearn. Una ciudad pintoresca por el río y por los árboles, que vive de sus termas o, mejor dicho, de quienes creen en sus termas". Herrera preguntó: "¿Se puede ir en el día?" "No son las ocho", respondió el hotelero. "Si toma el tren que sale de acá abajo a las nueve y quince, llega a Salies antes de las doce."

Buscó las valijas, pagó. Casau le dijo que lo llevaría en el auto hasta la estación. Al poner el coche en marcha, preguntó: "¿O quiere que demos una vuelta y le muestre Pau?" "Me gustaría ver la Villa Xilá", dijo. "No hay inconveniente. Va a perdonar, eso sí, que apriete un poco el acelerador. El tiempo es justo y la villa queda en las afueras, en la ruta de Burdeos."

Era una casa gris, de revoque desvaído, angosta y alta, con techo de pizarra, rodeada de árboles. Herrera bajó del coche y estuvo unos instantes contemplándola.

Volvieron al centro de la ciudad, entraron corriendo en la estación y alcanzó el tren cuando arrancaba.

La belleza de un río, que se deslizaba paralelamente a las vías, le infundió tranquilidad. A pesar de la breve y melancólica visita a la casa donde murió su mujer, no iba a desanimarse. Por fin se reuniría con Dorotea. Desde hacía tiempo no llamaba a su hija por el nombre.

Cambió de trenes en Puyóo, o algo por el estilo, y ya en Salies, tomó cuarto en un hotel. Creo que el Park. El conserje le aseguró que ningún Poyaré figuraba en sus registros, pero que no había mejor lugar que las termas, para dar con la gente. Le dijo que siguiera por la calle del hotel y más allá del Casino, encontraría el Establecimiento.

La decoración era de estilo morisco, Herrera tuvo un sobresalto desagradable sin saber por qué, pero sus emociones variaron rápidamente cuando la hija entró en la sala, corrió a sus brazos y exclamó: "No puedo creer". "Yo tampoco", dijo él. "Pensé que estabas enojado. Como no recibí contestación a mi carta, pensé que te había disgustado sin darme cuenta. No me atreví a escribirte de nuevo." "Yo tampoco tuve contestación a la carta en que te anunciaba mi llegada." "No la recibí. Probablemente la voy a encontrar en Pau o en Burdeos." Herrera le preguntó: "¿Estás contenta de haberte casado?" Ella dijo que no le avisó por no atreverse a escribirle y porque no podía mandarle una simple invitación impresa. Exclamó: "¡Cavilé tanto! Muerta mamá, pensé que yo te traería recuerdos tristes. O que no me perdonabas porque me llamaba como ella y era otra". Le preguntó por Poyaré. Estaba anémico. Por él habían venido a Salies, pero al parecer las aguas le provocaron efectos raros y no se atrevía a salir del hotel. Dorotea aclaró: "Acá todos me dicen que esos efectos son frecuentes al principio de la cura". Le preguntó si ella también estaba enferma. "Estoy perfectamente", dijo Dorotea, "pero me anoté para acompañarlo y ya que pagué, aprovecho".

Mientras caminaban por una calle arbolada pensó que le daban ganas de vivir en Salies. Recordó la frase: "una ciudad pintoresca por los árboles". El follaje era tan verde que al mirar la sombra, le pareció que estaba teñida por la tonalidad de las hojas. Frente al hotel Park dijo Herrera: "Aquí tengo un cuarto". "Nosotros no podemos darnos esos lujos", comentó la hija. Poco después llegaron al Hotel de París. "No se compara con el Park", dijo Dorotea. En el salón, encontraron a Poyaré, que se levantó del sillón en que estaba hundido y avanzó con una larga mano abierta, fría y húmeda. Tenía la cara rosada, el pelo rubio, la raya al medio. "Señor", dijo, "soy su yerno" (en francés, beau-fils).

Herrera comentó que el Hotel de París le parecía agradable y poco después los invitó al Park a almorzar. Con inesperada firmeza, casi con irritación, replicó Poyaré que en Francia ellos eran dueños de casa y que "siempre y cuando la inferior categoría del hotel no importara un sacrificio muy grande", almorzarían en el de París y el señor Herrera sería el invitado de honor.

Durante el almuerzo, Poyaré explicó las virtudes de las aguas de no menos de seis o siete establecimientos termales de los Pirineos, para concluir que la de Salies, como dijo el doctor Reclus, era la reina de las aguas saladas. "Pero usted faltó a los baños", observó Herrera. "Por fuerza mayor", previno Poyaré y admitió que la cura, en esos primeros días, le había provocado efectos curiosos. Aclaró: "Acepte mis seguridades de que no bebí lo que se llama un trago del agua termal".

Después del almuerzo, el yerno se retiró a la habitación, para cumplir fielmente la cura, que exigía siesta por las tardes, y Herrera y su hija emprendieron un largo paseo en automóvil de alquiler por los valles de la región, por las aldeas y las ciudades. Herrera se maravilló de las casas que veía. Tenían por lo general techo de pizarra y eran dignas y grandes. Mientras tanto Dorotea hablaba con elocuencia de su marido, que reunía méritos extraordinarios, y del estudio de la arquitectura, cuyo propósito irrenunciable era el logro de viviendas "menos espaciosas, pero más lógicas, más prácticas, y por eso más dignas que las de esta región". "¿Qué tienen de malo?", se atrevió a preguntar. "Despilfarro de materiales y de espacios. Cómo me gustaría que hablaras con mi profesora, la señorita Vaillant, discípula de Le Corbusier, que le firma los proyectos." Estuvo a punto de preguntar: "¿Cuál de los dos sale perjudicado?", pero se le ocurrió que esas palabras podían parecer irrespetuosas y las cambió por éstas: "¿Quién es Le Corbusier?" La hija contestó: "El primer nombre de nuestra profesión. El genio de la revolución de lo moderno".

Esa noche, cuando por fin llegó a su cuarto del hotel Park, estaba cansado y triste. Para el cansancio había causas evidentes: los viajes y las emociones de los últimos días. ¿Para la tristeza? ¿Poyaré? No parecía un canalla ¿y qué más puede alguien pedir del cónyuge de otra persona? ¿O le molestaba el proyecto de la hija, de sustituir las casas de la región por casitas modernas? Un error, quizá, pero ¿qué sabía él? Y, en todo caso, no era más que un proyecto que tal vez nunca se cumpliera. Como quien razona para calmar a otro, se dijo: "Además, nada de esto me concierne". No se calmó. Se entristeció más aún.

Creyó que había pasado la noche despierto: sin embargo, estaba seguro de que en algún momento despertó sobresaltado porque entraba de nuevo en el baño turco de su pesadilla de Pau o en las termas moriscas de Salies y oía las palabras: "Nada de esto me concierne". ¿Por qué, de todas las cavilaciones de la noche, le quedaba esa frase? De pronto pensó: "No la hubiera dicho si se tratara de mi mujer". Buscar a Dorotea en la hija fue una ilusión desesperada. Toda persona es irremplazable.

3.
Clementina

—Toda persona es única —dije—. Una gran novedad.

—Por eso busco a Clementina, mi mujer. Aunque me metan preso.

—¿Por qué van a meterlo preso?

La lluvia y el viento arreciaron con tal furor que de pronto me pregunté si no se desataría un huracán. Mi compañero silbó; después empezó a cantar:

Yo busco a mi Titina,
la busco por Corrientes...

En ese momento me pareció loco. Para que no siguiera cantando, repetí la pregunta:

—¿Por qué van a meterle preso?

—La otra vez me salvé de la cárcel, porque me revisó un médico y me mandó al manicomio.

—¿Usted qué había hecho?

—Nada. Me acusaron de intento de violación y maltrato a menor.

—Casi nada. ¿Le gustan las jovencitas?

—No particularmente.

—¿Entonces?

—Cuando un hombre de mi edad habla con una chiquilina, piensan mal.

—¿Es tan necesario que hable con chiquilinas?

—¿Quiere que me ponga a hablar con viejas? Usted, señor, no entiende nada.

—Clementina murió en 1914. Por favor, calcule mentalmente, si puede. Quince años. ¿Tiene sentido buscarla en alguien que vivía cuando ella murió?

—¿Usted cree en la reencarnación?

—Más increíble es que el alma desaparezca. Todo el mundo se da cuenta de las diferencias que hay entre alma y cuerpo. El cuerpo envejece. Peor todavía: muere.

—Y usted ¿quiere encontrar a su mujer en otra?

—En una chica de quince años justos. Ni uno más ni uno menos. Piense: ¡hay tantas! y sólo una es mi mujer, y haga de cuenta que está disfrazada. Mire si es complicado reconocerla, y también que me reconozca, ya que en el mejor de los casos empezará a recordarme como a quien fue su marido en un sueño olvidado… No estoy en situación de perder un minuto, como lo hago ahora, conversando en un auto que no camina, con un muchacho que no entiende. Me afano en algo casi imposible, pero quiero creer que si doy con ella nos reconoceremos por una revelación mutua, porque el entendimiento entre hombre y mujer es tan único a veces como las personas.

—Dijo que lo acusaron de mal trato.

—Créame, fue sólo despecho, y también una irritación difícil de reprimir si uno descubre que la persona es otra, no la que busca. El doctor Herrera en seguida comprendió.

Un viaje inesperado

En la desventura nos queda el consuelo de hablar de tiempos mejores. Con la presente crónica participo en el esfuerzo de grata recordación en que están empeñadas plumas de mayor vuelo que la mía. Para tal empresa no me faltan, sin embargo, títulos. En el año ochenta yo era un joven hecho y derecho. Además he conversado a diario con uno de los protagonistas envueltos en el terrible episodio. Me refiero al teniente coronel (S.R.) Rossi.

A simple vista usted le daba cincuenta y tantos años; no faltan quienes afirman que andaba pisando los noventa. Era un hombre corpulento, de cara rasurada, de piel muy seca, rojiza, oscura, como curtida por muchas intemperies. Alguien comparó su vozarrón, propio de un sargento acostumbrado a mandar, con un clarín que desconocía el miedo.

Inútil negarlo, ante el coronel Rossi me encontré siempre en situación falsa. Le profesaba un vivo afecto. Lo tenía por un viejo pintoresco, valiente, una reliquia de los tiempos en que no había criollos cobardes. (Advierta el lector: lo veía así en el ochenta y en años anteriores.) Por otra parte no se me ocultaba que sus arengas por radio, de las 7 a.m., alentaban torvos prejuicios, alardeaban de una suficiencia del todo injustificada y socavaban nuestras convicciones más generosas. A lo mejor por la manía suya de repetir una máxima favorita ("Medirás tu amor al país, por tu odio a los otros") dieron en apodarlo el Caín de antes del desayuno. Me cuidé muy bien de protestar por esas burlas. Lo cierto es que si yo estaba con él, trabajábamos y no había terceros; y si estaba con terceros, no estaba con él para sentir su ansiedad por el apoyo de los partidarios más leales (he descubierto que tal ansiedad es bastante común entre gente peleadora). Yo solía decirme que mi deber hacia el viejo amigo y hacia la verdad misma, reclamaba una reconvención de vez en cuando, un toque de atención por lo menos. Nunca fui más allá de poner sobre las íes puntos tan desleídos que ni el coronel ni nadie los notó; y si en alguna ocasión él llegó a notarlos, mostró tanta sorpresa y desaliento, que me apresuré a repetirle que sus exhortaciones eran justas. A veces me pregunté si el que pecaba de soberbia no sería yo; si no estaba tratando a un viejo coronel de la patria como a un niño al que no debe uno tomar en serio. A lo mejor me calumnio. A lo mejor entonces me pareció una pedantería apelar a un ser humano en aras de la verdad, que no era más que una abstracción.

El coronel vivía en una casa modesta, de puertas

y ventanas altas, muy angostas, en la calle Lugones.
Para ir al baño o a la cocinita había que atravesar un
patio con plantas en tinajas y en latas de querosene,
si mal no recuerdo. Cuando pienso en Rossi, me lo
figuro con el saco de lustrina para el trabajo de escritorio, siempre aseado, activo, frugal. Todos los días
compartíamos el mate y la galleta; los domingos, el
mate y los bollitos de Tarragona. Puntualmente, a la
misma hora, creo que serían las siete de la tarde, bol-
siqueaba la pitanza que me correspondía por las ta-
reas de escribiente y corrector. Debo admitir que la
suma, en las anteriores épocas de grandeza y plata
fuerte en las que mentalmente él vivía, hubiera sig-
nificado una retribución magnífica. En resumen, y
sobre todo si lo comparo con otros personajes de
nuestro gran picadero político, tan diligentes para
llenarse las alforjas, tan rumbosos con lo mal habi-
do, no puedo menos que felicitarme por haber hecho mis primeras armas de trabajo al lado de aquel
viejo señor despótico, pero recto.

Ahora hablaré del mes de marzo del ochenta y de
su terrible calor. Éste nos pareció tan extraordinario
que en todo el país fue popular el dístico de mano
anónima:

Hay algo cierto, y lo demás no cuenta:
el calor apretó en el año ochenta.

"La ola", como entonces decíamos, sorprendió
al coronel en medio de una de esas campañas radia-
les en que arremetía contra los países hermanos, el

blanco predilecto, y contra los extranjeros en general, que sin empacho nos confunden con otros
países, como en el ejemplo clásico de cartas, verdaderas o imaginarias, dirigidas a "Buenos Aires, Brasil", y como en el caso del francés que se mostraba
escéptico sobre nuestra primavera y nuestro otoño
y que por último declaró: "Ustedes tendrán seguramente dos estaciones, la de lluvias y el verano,
pero calor todo el año". De la boca para afuera y ante los amigos yo desaprobaba a Rossi; pero en mi
fuero interno solía acompañarlo de corazón porque
sus peroratas daban rienda suelta a sentimientos
que trabajosamente y de mala gana reprimíamos.
Rossi rechazaba la idea de que algún país del hemisferio pudiera aventajarnos. Un día me armé de
coraje y observé:

—Sin embargo los números cantan. La ciencia es-
tadística no deja lugar a fantasías.

Lo recuerdo como si fuera hoy. En días de gran
calor se ponía bajo la papada un pañuelo de inmacu-
lada blancura, a modo de babero para proteger la corbata. Exagerada precaución: mentiría si dijera que alguna vez lo vi sudar. Pasándome un amargo,
preguntó:

—¿Desde cuándo, recluta, las estadísticas le me-
recen tanta confianza?

Amistosamente me llamaba recluta. Insistí:

—¿No es raro que todas coincidan?

—Unas se copian de otras. No me diga que no sabe cómo las confeccionan. El empleado público se
la 'leva para su casita, donde las llena a *piacere*, car-

gando este renglón, raleando aquél, de manera de satisfacer los pálpitos y las expectativas del jefe.

—No le niego —concedí— que las reparticiones públicas trabajen sin la debida contracción; pero hay que rendirse a la evidencia.

—¿Rendirse? Lo que es yo, nunca.

—Y el petróleo venezolano, el oro negro ¿no le dice nada?

—Salga de ahí. No lo va a comparar con nuestra riqueza nacional.

—¿Y el volumen de la producción brasilera?

—Embustes de los norteamericanos, que no nos quieren. ¿O usted me va a negar, recluta, que existe una conjura foránea, perfectamente orquestada, contra los criollos?

—¿No le convendría darse una vuelta y mirar con sus propios ojos? Hoy por hoy, con el costo de la vida, resulta más acomodado tomarse un avión y visitar Río, que no salir de estas cuatro paredes. Dicen que en las playas de Copacabana se ven cositas interesantes.

—No embrome. ¿Quién, en su sano juicio, va a pagar un pasaje para ir a sudar la gota gorda? Si me quedo acá, sé por lo menos que un día de éstos viene un chaparrón y al minuto sopla la fresca viruta.

La gota gorda y la fresca viruta eran dos expresiones típicas del coronel. Cuando uno oía la primera, sabía que poco después vendría la segunda. ¡Qué buenos tiempos!

A pesar de su aguante, en aquel marzo inolvidable el mismo Rossi flaqueó por momentos. Sentía el

calor como un insulto. Le molestaba patrióticamen-
te el hecho de que en esos días tan luego visitaran
Buenos Aires no recuerdo qué político inglés y qué
elenco francés de cómicos de la legua. Se sinceró
conmigo:

—Si no viene una refrescada, ¿quién le saca de la
cabeza a esa pobre gente que somos un país del trópico? Basta haber ido al cine para comprobar con qué
soltura el extranjero nos enjareta un color local rigu-
rosamente latinoamericano.

Como todos nosotros, Rossi vivía entonces con
el pensamiento fijo en la situación meteorológica.
Aunque a la otra mañana tuviera que madrugar, por
nada se tiraba en el catre sin oír el último boletín de
media noche. Por aquellos días los boletines hablaban mucho de una batalla celestial entre dos masas
de aire, una caliente y otra del polo sur. Noté que para describir el fenómeno, a diferencia de los civiles,
en particular de los periodistas, Rossi evitaba los tér-
minos militares. Así, en una de sus charlas de las 7
a.m. aseguró: "Del resultado de esta pulseada titáni-
ca depende nuestro destino".

Pulseada, nada de batalla. Por cierto si la afirmación concernía fenómenos del cielo era, como se
comprobaría demasiado pronto, errónea. El lector
sabe que entre el 9 de aquel marzo y el 4 de abril, una
serie famosa de movimientos de tierra sacudió, noche a noche, a los argentinos. Tales golpes de traslación, como se les llamaba, alarmaron al país entero,
salvo al coronel, a quien distraían de la invariable
temperatura agobiadora y lo arrullaban hasta dor-

mirlo agradablemente. Acunado por el sismo soñó
con los largos viajes en tren de su infancia. Es claro
que no tan largos como los que estaba cumpliendo
ahora.

Porque seguía el calor, el despertar fue siempre
cruel; pero el peor de todos llegó esa terrible mañana en que el diario trajo una noticia ocultada hasta
entonces por el gobierno, en salvaguarda de legíti-
mas susceptibilidades de la población. Según se comentó después, alguien en Informaciones tuvo la
idea, para prepararnos un poco, de llamar golpes de
traslación a los fenómenos de la corteza terrestre que
todas las noches nos fastidiaban; para prepararnos y
porque eso, cabalmente, eran: sucesivas traslaciones
de la masa continental, de sur a norte, que finalmente dejaron a Ushuaia más arriba del paralelo 25, al
norte de donde estuvo antes el Chaco, y a Caracas
más arriba del paralelo 50, a la altura de Quebec.

Sin negar que el dolor moral nos alcanzaba a todos, me hice cargo de lo que significaba aquello para un hombre de los principios de Rossi. Por un sentimiento de respeto no quise presentarme en la calle
Lugones. Poco después, con apenada sorpresa, oí de
boca de uno de los tiranuelos de la radio:

—Lo que amarga a Rossi es que algunos, que se
dicen amigos, al suponerlo en situación comprome-
tida, ya no quieren verlo.

No me ofendí. Como si nada, puse a la noche el
despertador a las siete y, cuando sonó, a la mañana,
prendí la radio. La inconfundible voz del coronel,
con su temple y su brío invariables, me probó que el

programa se mantenía. Me embargó la emoción. Cuando logré sobreponerme, el vozarrón tan querido estaba diciendo que la Argentina, "después de muchos años de provocación gratuita, en un simple movimiento de mal humor, manifestado en un pechazo titánico, había empujado a sus hermanos linderos hasta el otro hemisferio". Se refirió también a los maremotos, vinculados con nuestro sismo, que produjeron desastres y cobraron vidas en las costas de Europa, de los Estados Unidos y del Canadá. Por último se dolió de la durísima prueba que soportaban los antiguos habitantes del trópico, por su repentino traslado al clima frío. Morirían como moscas. En el fondo de mi corazón yo sabía que mi viejo amigo, dijera lo que dijera, estaba demasiado golpeado, para hallar consuelo. Por desgracia, no me equivocaba. De buena fuente supe que poco después, al ver en una revista una fotografía de brasileros, abrigados con lanas coloradas y entregados con júbilo a la práctica del esquí en laderas del Pan de Azúcar, no pudo ocultar su desaliento. El tiro de gracia le llegó en un misterioso despacho telegráfico, fechado en La Habana, donde el intenso frío habría producido espontáneamente renos, de menor tamaño que los canadienses. Nuestro campeón comprendió entonces que toda lucha era inútil y renunció a la radio. Alguien, que lo había seguido siempre desde el anonimato de la audiencia multitudinaria, se enteró de que Rossi quería retirarse para sobrellevar el dolor a solas y le dio asilo en sus cafetales de Tierra del Fuego. Sobre el escritorio tengo la última fotografía que le tomaron. Se lo ve con una casaca holgada, tal vez de lino, y con un sombrero de paja, de enorme ala circular. Vaya uno a saber por qué, aunque la expresión del rostro no parezca demasiado triste, la fotografía me deprime.

El Camino de Indias

Realmente yo estaba lejos de presentir que las notas reunidas para mi discurso en elogio del doctor Francisco Abreu y el diario que llevé durante mi último viaje, muy pronto me servirían para redactar un artículo en defensa de mi persona. Como introducción y excusa diré únicamente que una larga amistad me une al doctor Abreu y que me parece normal que un amigo defienda a otro. Sin más emprendo ahora mi justificación, que será de paso la cálida semblanza de un verdadero médico y la discreta, pero veraz, memoria de las aventuras que jalonaron uno de los descubrimientos más importantes para la felicidad del hombre. En este punto convengo con Abreu, que suele decir: "¡Cuánta razón tenía Freud, en lo del sexo!" Ya se sabe que no es devoto del psicoanálisis.

Con relación a los médicos, Abreu los clasifica en dos grupos: los estudiosos y los que tienen, como los charlatanes, la virtud de curar. Él se incluye en el pri-

mer grupo. En cierta medida le doy la razón. Me
consta que es un estudioso y que al hablar de cues-
tiones médicas despliega un deslumbrante acopio de
conocimientos. No puedo, sin embargo, negar la evidencia: en la historia de la medicina, el sitio de Francisco Abreu es el de un terapeuta sobresaliente.

Allá en los albores de su carrera abrió un consultorio en la calle Fitz Roy. Más de una vez me refirió:
"Cuando había atendido a un enfermo y lo acompañaba hasta la puerta que daba a la sala de espera, pensaba: ¡Que haya alguien, esperando! Casi nunca había". A veces me pregunto si la expresión de la cara
no tenía su parte en la auténtica gracia de Abreu.

A la despareja lucha contra las enfermedades, mi
amigo aportaba por aquel entonces dedicación labo-
riosa y trato cordial. El barrio no tardó en responder,
y la situación cambió radicalmente. La pequeña sala de espera apenas daba cabida a los enfermos, que
en ocasiones (los he visto yo mismo) se agolpaban
junto a la puerta de calle, en el frío, bajo la lluvia o a
pleno sol.

Un viernes, a la hora de la siesta, Abreu recibió
a un señor de aire saludable, que se quejaba de vagos malestares. Debía de ser un hombre aprensivo,
porque las manos le temblaban un poco y le suda-
ban. Cuando el doctor (una ancha sonrisa animaba
esa cara tan peculiar, agraciada para quienes lo conocen y lo quieren) se arrimó con la intención de
examinar el fondo de ojos, el enfermo sufrió un
profundo desmayo. Abreu recuerda claramente que
se dijo: "No perdamos la calma". Con la mayor se-

renidad aplicó el oído y pudo comprobar que el corazón no funcionaba. Se dijo: "Esto no puede pasarme a mí", y de nuevo aplicó el oído. Debió admitir que a veces lo inaudito ocurre: el corazón no latía. Tan perturbado estaba sin comprender la trascendencia de sus actos, marcó en el teléfono un número y ordenó que le mandaran inmediatamente una ambulancia. Entonces advirtió el error, pero se consoló pensando que por lo menos había reprimido un primer impulso de asomarse a la sala de espera y gritar: "¡Un médico! ¡Un médico! ¿No hay un médico entre ustedes?" Aquellos minutos, de encierro con su muerto, a quien ya no podía reanimar, le parecieron interminables. Pensaba en la mala suerte, deseaba que la ambulancia no llegara y que no hubiera nadie en la sala de espera. Consternado oyó, todavía lejana, la clamorosa sirena, y segundos después irrumpieron, estruendosamente, los camilleros. Cargaron el muerto y se lo llevaron entre dos filas de enfermos, que miraban con excesiva curiosidad y temor. Abreu, cabizbajo, cerraba el breve cortejo. Se dominó en el momento de salir, para anunciar:

—Un ratito y vuelvo. No ha pasado nada. Absolutamente nada.

A la media hora, cuando regresó, quedaba una señorita, que seguramente no se fue por timidez o por falta de coraje. La atendió sin prisa, como si tuviera todo el tiempo del mundo. En algún momento notó que la señorita lo miraba de un modo extraño. Hombre casto, mal dispuesto a complicarse

con cualquiera, dio por terminado el examen clínico, escribió una receta y, al entregarla, ordenó en
tono impersonal.

—Me toma una pastillita con el desayuno.

Solo en el consultorio, no sabía cómo pasar el
tiempo sin pensar en lo que había ocurrido. Aunque
no quería cavilar, se preguntó si lo habrían abandonado para siempre sus fieles enfermos.

No, no lo habían abandonado. El lunes, desde
las dos de la tarde, fueron llegando los que estaban
el día del muerto, más algunos otros. Durante una
semana y media Abreu trabajó bien, con el consultorio repleto, o poco menos. El miércoles de la segunda semana un enfermo, por demás delgado,
inexplicablemente se le murió. Esta vez la gente se
retiró para no volver.

Tras una rápida reflexión se dijo que lo mejor era
cortar por lo sano y cerrar el consultorio. De ninguna manera suponga el lector que las andanadas de la
adversidad perturbaron o descaminaron a mi amigo. Lo ayudaron a dejar atrás una etapa intermedia y
a encontrar su vocación.

Abreu sostuvo muchas veces que ciertas afliccio-
nes del hombre, conocidas de siempre, nunca solu-
cionadas, proclamaban la impotencia de la medicina. ¡Qué no daríamos por no resfriarnos, por evitar
el dolor de muelas, el dolor de cintura, por no perder gradualmente la vista, o el pelo, por no encane-
cer! Con relación a estos males, circunscriptos y con-
cretos para el vulgo, el fracaso de la medicina es
flagrante. Yo le explicaba:

—En cambio tu optimismo es incurable.

Ignoro si nuestras conversaciones lo alentaron en el nuevo capítulo de su vida, el triunfal y consagratorio. De algo no dudo: sin retaceos Abreu volcó su voluntad férrea y su inteligencia, a la solución de una de las desdichas que inmemorialmente había derrotado a la medicina y torturado a los hombres. Descubrió así, en un tiempo relativamente breve, su renombrada Fórmula Abreu contra la Calvicie. En los laboratorios Hermes, donde la presentó, recibió la mejor acogida de los expertos, que le ofrecieron un anticipo generoso. Resolvió gastarlo a lo grande, en un viaje por Europa con doña Salomé, su mujer. Abreu remató la frase que enumeraba estas buenas noticias, con un afectuoso pedido. Me dijo:

—Animate y vení con nosotros.

Me animé. Para los argentinos de mi generación, el viaje a Europa era algo comparable a un verdadero premio, como el Nobel para los escritores o el cielo para los justos. Por lo demás, ¡qué gratísimos compañeros! Abreu, un amigo de toda la vida, con el que siempre me sentí cómodo y a cuyo lado aprendí tantas cosas; doña Salomé, toda una señora y, por si fuera poco, lo que se dice una buena moza de verdad.

Empezamos la gira por Amsterdam. En el hotel afirmó alguien que un sismo había sacudido nuestro país. A la tarde nos largamos a la embajada, a pedir noticias. Nos recibió el embajador en persona, un señor o doctor Braulio Bermúdez, que según se aclaró entre palmaditas y risotadas, había sido condiscípulo de Abreu, en la Escuela Argentina Modelo. Era un criollo a la antigua, de lo más afable. El movimiento de tierra no produjo daños ni víctimas, así que lo tenía sin cuidado; lo que realmente lo preocupaba era una ceremonia, de fecha próxima, en la que se presentaría ante la reina, en La Haya. Intuimos que ese diplomático tan campechano y dado con nosotros, era tal vez corto de genio con los extranjeros.

Mientras conversábamos se arrimó a un gran espejo. Se miró con detención y de pronto comentó:

—Hay que embromarse. El aspecto físico tiene su importancia.

—Yo te envidio el aspecto físico —dijo Abreu.

—Salí de ahí —respondió el embajador, sacudiendo la cabeza—. ¡Todavía si fuera un poco menos pelado!

Me pareció que había llegado el momento de darle una manito a mi compañero de viaje. Observé:

—Querido embajador, ¿no sabe que nuestro amigo, el doctor Abreu, ha encontrado la solución para eso?

Bastó que el embajador manifestara interés, para que Abreu emprendiera un desmedido elogio de su elixir, al que atribuyó eficacia fulminante. Yo me sentí avergonzado. "Poco falta", pensé, "para que diga que de un día para el otro le va a cubrir esa pelada con la melena de león". Confieso que la actitud de mi amigo me sorprendió y me entristeció. Demasiado pronto se había pasado al grupo de los médicos charlatanes.

Don Braulio debía de estar de veras preocupado por la calvicie, ya que preguntó:

—Y ahora, en Holanda, ¿qué puede hacer un hombre como yo para armarse de un frasquito de tu maravilloso elixir?

Quedamos en mandárselo esa misma tarde. Cuando salimos lamenté no haber pedido en canje tarjetas para asistir a la ceremonia. Abreu volvió a sorprenderme, al declarar:

—Yo ni loco iría.

—Pero ¿no te das cuenta ¡Una ceremonia en palacio! ¿Te has detenido a pensar que semejante ocasión no se presenta dos veces en la vida humana?

Todo fue inútil. Mis intentos de conseguir como aliada a doña Salomé fracasaron. Para ella, como para Abreu, las ceremonias oficiales eran frívolas, y aburridas. Admito que tenían su personalidad, pero yo tenía la mía; sin entrar en explicaciones, pedí a Abreu un frasquito de su tónico.

—Ahora se lo llevo personalmente —dije.

Así lo hice, y esa noche volví al hotel con la preciosa tarjeta en mi poder.

Los días que siguieron fueron agradables, aunque en repetidas ocasiones me sobresaltó la idea de que la esperada ceremonia pudiera resultar una fatal prueba de fuego para el buen nombre de Abreu. Parecía imposible que su tónico diera resultado apreciable en un plazo tan corto. La preocupación, a medida que nos aproximábamos a la fecha, aumentaba. Estuve a punto de llevar aparte a la bellísima Salomé y abrirle mi corazón. En momentos de angustia y desconcierto siempre buscamos refugio en el pecho de una mujer. Recapacité, sin embargo, que lo más leal era someter mis dudas al amigo. Comprobé, entonces, que su fe en el tónico era inconmovible.

Cuando por fin llega lo que hemos deseado, advertimos que también eso, como todo en la vida, está erizado de incomodidades. La ceremonia empezaba a las once de la mañana, pero no se desarrollaría en Amsterdam, como me obstinaba en creer, olvidando lo que me habían dicho, sino en La Haya. El conserje del hotel, hombre muy seguro de sus informaciones, me aconsejó que estuviera en el palacio a las diez y media. Para tomar temprano el tren no había más remedio que abreviar los placeres del desayuno y del baño de inmersión.

Por lo demás la tarjeta que me habían dado no era tan preciosa que digamos. Las que realmente valían la pena eran la blancas, de los invitados especiales. Las verdes, como la mía, le permitían a uno mezclarse con la turba que se agolpaba en los fondos del salón. Es claro que parado en puntas de pie podía ver a la reina y a los dignatarios que recibían el saludo del cuerpo diplomático; pero cansa estar en puntas de pie, de modo que me estiraba de vez en cuando, para echar una mirada y, al comprobar que todavía no le tocaba el turno a Bermúdez, volvía a mi nivel, inferior al de la gente que me rodeaba: holandeses de considerable estatura, por lo general. A causa de estas evoluciones, casi me pierdo el hecho, tan comentado después. Cuando calculé que el saludo del afgano habría concluido, intenté asomarme entre los hombros de dos holandeses, para descubrir que le había llegado el turno al representante de Albania;

aunque no tardé en encaramarme de nuevo, ya nuestro Braulio Bermúdez avanzaba hacia la reina. Con el deseo de que un milagro me probara que mi amigo Abreu no había exagerado, como vulgar charlatán, los méritos de su tónico, fijé la mirada en el cráneo de Bermúdez. En un primer momento, lo confieso, me abatí. Si la imagen esperada había sido una cabeza cubierta de abundante cabellera, sólo cabía la desilusión. Sin embargo, bien mirado ese cráneo alentaba esperanzas, ya que parecía cubierto por la sombra de una pelusa; pero algo debí de vislumbrar en la cara de Bermúdez, que me distrajo de tales consideraciones. Una extraordinaria ansiedad y fijeza de expresión había en el rostro que lenta, contenidamente, avanzaba hacia la reina. Murmuré: "Un tímido, un verdadero tímido". No pasé por alto la espectacular disparidad entre los dos personajes que atraían mi atención: Bermúdez, como agarrotado por contracturas, y la reina, amplia, dorada, plácida. Según quienes vieron (porque yo no vi; para darme un resuello había bajado, por unos segundos, de la punta a la planta de los pies) como si fuera un resorte, aquella terrible contractura de pronto proyectó al embajador en un salto felino. A continuación presenciamos una escena desordenada y penosa. Por un lado, el patetismo de las solícitas atenciones para socorrer a la soberana, para consolarla y recuperar para ella y también para el gran acto solemne que nos había reunido, la compostura que por un instante pareció maltrecha. Por otro lado, el oprobio: nuestro embajador expulsado a empujones. Las

consecuencias del extraño incidente fueron las de
prever. Un sector de la prensa dio pie a imputacio-
nes escandalosas, que ambos gobiernos trataron de
acallar mediante comunicados tan circunspectos y
vagos, que reavivaron la suspicacia. El saldo fue muy
triste: uno de nuestros mejores diplomáticos dado
de baja.

Nosotros no lo acompañamos en la dura prueba que le tocó en suerte. Nos dejamos arrastrar por
las perentorias exigencias de un viaje programado
de antemano, con escalas donde asesores científi-
cos y directores de sociedades vinculadas a los Laboratorios Hermes aguardaban a Abreu en fechas
y horas prefijadas. La escala siguiente fue nada menos que París. Abreu había quedado satisfecho de
sus interlocutores de no recuerdo qué empresa local, pero el día que visitamos la torre Eiffel, doña
Salomé nos dio una mala sorpresa: pretextando
vértigo, nos privó de su compañía. Mientras con-
templábamos París desde lo alto, Abreu descargó
la pregunta:

—¿Notaste que de un tiempo a esta parte me trata con un dejo de impaciencia?

Traté de pensar en cómo ayudarlos y me armé de
coraje para decir:

—Concentrado en el trabajo, a lo mejor descui-
daste tu apariencia física. Una espléndida señora como doña Salomé no se presenta con un viejo a su lado. La verdad es que el inventor de la gran fórmula
contra la calvicie está perdiendo el pelo. ¡Qué para-
doja, qué locura!

En la etapa siguiente comprobé que mi sugeren-
cia no había caído en el vacío. Aquel fin de semana,
junto al lago Leman, fue paradisíaco. ¿A qué misterioso hecho nuevo debíamos atribuir el buen ánimo de la señora? No, por cierto, a un cambio en el
aspecto del cuero cabelludo de Abreu. Nadie cali-
ficaría de cambio para mejor la pelusa que ahora
sombreaba aquella calvicie. Era una esperanza, eso
sí, y era también una prueba de que Abreu estaba
cuidando su aspecto físico. Doña Salomé debió de
sentirse halagada y agradecida de que su marido se
tomara tales cuidados.

No sé cuándo reconoceremos como corres-
ponde la ascendencia de la mujer sobre nuestro
carácter. Ni siquiera la circunstancia de que los gi-
nebrinos se mostraran menos dispuestos que los
holandeses y los franceses a creer en las virtudes
de su tónico, irritó al amigo Abreu. El bienestar es
contagioso. Lo mismo, a pesar de mi soltería, me
sentía contento. Doña Salomé, resplandeciente como si una primavera interior la colmara, afronta-
ba con divertida indulgencia los tropiezos y las
molestias que nunca faltan en un viaje. Mi admi-
ración por ella crecía. Por primera vez me hallaba
ante una mujer auténticamente alegre y despreocupada.

Los tres viajeros abordamos el Orient Express
en idéntico estado de ánimo. Si esta afirmación no
correspondía por igual a los sentimientos de cada
uno de nosotros, yo no advertí la diferencia. Es posible que en el curso del largo viaje en tren, el ma-

trimonio dejara entrever algún roce, al que francamente no tomé en serio. Por eso lo que sucedió
después me dejó helado. Toda la noche me había
revuelto en la cucheta, como si un mal presentimiento me atormentara. A cada rato encendía la
luz y miraba el reloj. Llegó el momento en que no
aguanté más: me levanté, me vestí y me dirigí al coche comedor, en la esperanza de encontrarlo abierto. Estaba cerrado. Eran las 6 y 45.

Lo recuerdo como si fuera ahora. Cuando yo
volvía tristemente por el pasillo, el tren se detuvo
en una estación. Abrí una ventana, me asomé, leí
un letrero: Zagreb. Deambulaban por el andén pin-
torescos campesinos y vendedores de baratijas. Entre ellos vislumbré una presencia increíble: doña
Salomé en persona, valijita en mano y con el aspecto de quien se ha vestido de apuro. Si no la llamaba
en el acto, la perdería de vista, porque se encami-
naba hacia la salida de la estación. Con la esperanza de que no fuera ella, me puse a gritar:

—¡Doña Salomé! ¡Doña Salomé!

Giró sobre sí misma, se llevó un dedo a los labios
y por toda explicación lanzó un grito ahogado y des-
garrador:

—¡No puedo más!

Como si el cansancio la doblegara, retomó su camino. Pronto desapareció.

Mi intención fue bajar y de un modo u otro recu-
perarla, pero vacilé. El tren se puso en marcha. Me
sentí culpable, me pregunté qué le diría a Abreu y cómo sería su reacción.

Se mostró más triste que sorprendido. Repetidamente murmuraba:

—¿Qué voy a hacer sin ella?

Los seres humanos somos inescrutables, o por lo
menos Abreu resultó inescrutable para mí. Parecía
ansioso, es verdad, pero demasiado dispuesto a mirar a otras mujeres. A pocas horas de la partida de doña Salomé, bastaba que una mujer pasara a su lado
para que le brillaran los ojos y dejara oír comentarios
salaces. Recuerdo que me dije: "Si no lo sujetan, no
va a perdonar una pollera".

Tras una breve etapa en Estambul, volamos a
Bagdad, ciudad a la que llegué con favorable expectativa, porque su nombre siempre ejerció un poderoso encanto sobre mi imaginación. Paramos en el
hotel Khayam. El conserje me dio un plano de la ciudad y algunos prospectos turísticos, amén del consejo de precaverme del sol. En nuestra primera salida, le dije a Abreu:

—Con una temperatura como ésta no habría que
salir del hotel hasta la caída de la tarde. Ante todo vamos a comprar sombreros.

Tras consultar el reloj, contestó:

—Si no tomo un taxi ahora mismo, no llego a
tiempo a la entrevista con la filial de Hermes.

Se fue. Seguí con la mirada el taxi, hasta que se
perdió con Abreu en el desordenado y colorido
mundo musulmán. Ese recuerdo ahora me parece
patético. Siguiendo la estrecha franja de sombra
contra las casas, como si fuera una cornisa al borde
del abismo, llegué a un negocio en cuya vidriera ha-

bía algún fez, unas gorras y un casco colonial. Compré el casco colonial. Era de corcho, livianísimo, pero tan duro que molestaba como si fuera de plomo.

Recorrí el bazar. Me cansé. Por uno de los folletos que me dio el conserje me enteré de que al bazar lo llamaban calle carrozada y que fue construido por una famoso pashá. Reflexión hecha, descubro que estas informaciones corresponden al bazar de Damasco, ciudad que no visité.

Cuando llegué al hotel, cansado y hambriento, me esperaba una novedad que al principio no me alarmó: Abreu no había vuelto. Sentado en el hall de entrada, con la mirada fija en la puerta giratoria, postergué el almuerzo hasta donde lo permitió mi languidez.

Almorcé, dormí la siesta. Para matar el tiempo me dispuse a dar una vuelta por la ciudad. Antes de salir, eché una mirada al salón, por si el amigo hubiera llegado. Un viejo que servía café me dijo en voz baja:

—El conserje le quiere hablar.

El conserje me pidió que lo siguiera hasta un saloncito, donde el gerente me atendería en seguida. Mientras esperaba, empecé a cavilar. Se me ocurrieron hipótesis que tuve por descabelladas; muy pronto descubriría, sin embargo, que la imaginación no puede competir con la realidad. Lo que el gerente del hotel, hablando en tercera persona, en un tono cortés y muy triste, me comunicó, era increíble. Tras participar en un episodio callejero sin duda grave, Abreu se hallaba detenido en una dependencia policial, cuya dirección mi interlocutor ignoraba. Exclamé:

—¿Sabe quién es el doctor Abreu? ¡Una personalidad internacional, un investigador famoso!

El gerente movía la cabeza y como podía se excusaba.

—Sinceramente, lo deploro —dijo.

De mal talante pregunté:

—¿Sabe, por lo menos, dónde está la embajada argentina?

Después de interrogar a personal subalterno y de consultar guías de variado formato, escribió en un papel una dirección. Explicó:

—Para mostrar al conductor del taxi.

El viaje fue tan corto que me pregunté si no me habrían sugerido el taxi por el simple afán de esquilmar al forastero. Paramos frente a una casa que tenía un mástil y una chapa de bronce. Con disgusto leí la inscripción... Me habían mandado al consulado, no a la embajada. Ese atolondrado gerente, ya me iba a oír. Mi intención había sido que la más alta investidura de nuestra representación interviniera, para que las autoridades locales midiesen de una vez la barrabasada cometida. La intervención del cónsul privaría a mi protesta de toda espectacularidad. Sin embargo, para no perder un minuto, ya que se trataba de sacar al amigo de la pesadilla que estaba viviendo, resolví iniciar ahí mismo las gestiones.

El cónsul, un doctor Laborde, me recibió en su despacho. No diré que me miró hostilmente, pero sí con desafecto y resignación.

—¿Qué lo trae por acá? —preguntó, como si para hablar tuviera que sobreponerse al cansancio.

¡Lo que va de un hombre a otro! ¡Qué diferencia con Bermúdez, el ex embajador en Holanda! Después no entendemos por qué en nuestro país las cosas andan mal. El que recibe sin ganas al compatriota sigue en funciones y un diplomático de la talla de Bermúdez, dado de baja. Lo único que tenían en común esos dos funcionarios era la nacionalidad y la calvicie.

Recapacité: "No es el momento de manifestar el desagrado que el individuo me provoca". Por el contrario, debía ganarlo para la causa, comprometerlo en la defensa de Abreu.

—Mi compañero de viaje, nuestro famoso investigador Abreu, ha sido víctima de un incalificable atropello, por parte de las autoridades locales.

Tras mirarme fijamente, Laborde habló en el tono de quien trata de sincerarse, de comunicar una verdad profunda.

—Uno está acá, donde el diablo perdió el poncho, a la espera del criollo que le traiga, por así decirlo, un pedazo de patria, un poco de aire vivificador y, cuando llega alguno, viene con asuntos desagradables, para que un servidor saque la cara. ¡Es matarse!

Temblando de rabia, repliqué:

—Le agradezco la franqueza, que trataré de retribuir. Ese mismo hombre que usted no quiere socorrer dispone de lo que podría ser para usted la verdadera salvación.

—Mire —contestó—, ¿no le parece qué hace demasiado calor para andar con acertijos?

—Está bien. Se lo digo claramente: usted se está quedando calvo.

Me miró sin pestañear.

—¿Y por casa cómo andamos? —preguntó—. De acuerdo, le concedo, soy un pelado y además un ingenuo. ¿O el ingenuo es usted? Porque si no me equivoco está pidiendo que me malquiste con las autoridades locales, a las que tengo que ver a sol y a sombra, para defender a un charlatán que ha sacado el último específico contra la calvicie.

No me di por vencido. Expliqué:

—Usted lo ha dicho. Es el último específico, porque es el único eficaz. Entre nosotros, le confesaré que me sorprende que un representante de nuestro país confunda a Abreu con un charlatán.

Siguió la polémica hasta que Laborde se resignó a llamar por teléfono a un conocido suyo, que era, según dijo, su punta de lanza en la Jefatura de Policía. La conversación con el conocido llevó su tiempo. Mientras esperaba el resultado, no pude menos que notar que la cara de Laborde progresivamente se ensombrecía. Cortó, giró hacia mí y sacudiendo lentamente la cabeza declaró:

—Me lavo las manos.

—¿Se puede saber por qué?

—Están furiosos. Acometió en plena calle y, óigame bien, por la espalda, a un derviche.

—¿A un derviche?

—Aullador, para colmo. Aquí no andan con

vueltas: le cortan la cabeza o le amputan un miem-
bro.

—Yo quiero hablar con el embajador en persona.

Laborde me dio explicaciones vagas, pero alar-
mantes, y concluyó:

—Si yo fuera usted, quiero decir si yo fuera el
compañero de viaje del señor Abreu, me tomaría el
primer avión, antes que pasaran a buscarme. ¿Entiende?

Le dije que si estaba tan seguro de la inminen-
cia del peligro, por favor me reservara un pasaje para el primer vuelo. Se hizo rogar, pero finalmente
habló por teléfono con una agencia de viajes. Pal-
meándome y empujándome hacia la puerta, me
previno:

—No perdamos tiempo. Se va hoy en el vuelo de
las 20 y 45, de la Austrian Lines. Dispone de cincuenta minutos para pasar por el hotel, buscar su
equipaje y ponerse a salvo.

Ya me iba de su despacho cuando me preguntó si
el específico de Abreu era realmente bueno y si yo
podría mandarle un frasquito.

Recuperé en parte mi aplomo.

—Si me queda alguno, se lo dejo en el hotel Khayam. Pídalo al conserje —contesté fríamente.

Salí a la calle y me precipité en un taxi, de lo que
me arrepentí en el acto, porque entre esa muche-
dumbre, a pie hubiera avanzado con mayor rapidez.
Desde luego, me hubiera extraviado.

En la recepción del Khayam ordené que prepara-
ran la cuenta. Sin esperar el ascensor corrí escaleras

arriba. A la disparada metí en mi valija la ropa y los dos últimos frascos del elixir. Un empleado del hotel, acaso en busca de propina, en un santiamén se encargó de llevarme las valijas.

En la recepción me preguntaron:

—¿El doctor Abreu también se va?

—Sí... a lo mejor —vacilé.

—¿Qué hacemos con el equipaje del doctor? ¿Lo guardamos en la *reserve?*

No sabía qué era eso. Respondí:

—Por favor, lo guardan en la *reserve.*

Se me acercó el conserje para despedirse y, por acto de presencia, recordarme que le debía una propina. Cuando entregué el dinero, me dije que tal vez le dejaría nomás al cónsul el frasquito que me había pedido. Ni siquiera me pregunté por qué: estaba demasiado apurado, demasiado nervioso, para pensar claramente. Recuerdo que abrí una valija, escarbé en el desorden, sorprendí una fugaz mueca reprobatoria en la cara de alguno de los que miraban y encontré el frasco. Lo puse en manos del conserje, con la recomendación:

—Cuando el cónsul argentino, un tal señor Laborde, venga a buscarlo, por favor se lo entrega.

Llegué al aeropuerto casi a la hora de partida. Cargué las valijas y, bañado en transpiración, corrí tambaleando por el peso. Pasé tribulaciones. Había tantos inspectores y tanta policía que me pregunté si estarían ahí para detenerme. Cuando me desplomé en el asiento del avión, pensé con alivio: "¡Es un milagro!" Debí de perder la conciencia, porque desperté en pleno vuelo, en el momento en que la azafata colocaba las bandejas para la comida.

Durante los tramos a Viena y a Frankfurt me acompañó un agradable sentimiento de hallarme a salvo; pero entre Frankfurt y Buenos Aires por primera vez me pregunté si antes de alejarme de Bagdad había hecho lo humanamente posible en favor de Abreu. Empecé por no estar seguro, para después caer en remordimientos, quizás infundados, pero bastante vivos. Me pregunté cómo me recibirían en Buenos Aires. Imaginé calumniosas campañas periodísticas, que me acusaban de traidor y cobarde.

No recuerdo qué viajero dijo que la llegada al país obra siempre en nosotros como un despertar. Había periodistas en Ezeiza, pero no desconfiados, ni hostiles; gente para quien yo era el último amigo que había visto a nuestro gran hombre de ciencia antes de caer preso en una ciudad remota. Me acosaban a preguntas, para acercarse a mí y, de ese modo, acercarse un poco al ya famoso Abreu, qué estaba fuera de alcance. Creían cuanto les decía e insaciablemente pedían más información. Debía cuidarme. Aquello era una invitación a deformar o enriquecer la verdad, lo que en mi situación era peligroso; también se me ofrecía la oportunidad de hundir para siempre, con unas pocas palabras certeras, al cónsul Laborde. La tentación era grande, pero instintivamente supe que en esa conversación entre argentinos, a quienes unía un generoso dolor, no había que sacar a relucir malos sentimientos ni reyertas.

Por mi estado de ánimo, aquellos primeros días
en Buenos Aires, después del viaje, me recordaban
épocas de exámenes. ¿Qué otra cosa eran las conversaciones con periodistas, diariamente repetidas, por
la mañana, por la tarde o por la noche, siempre con
la posibilidad de preguntas incómodas? Felizmen-
te, al cabo de un tiempo, aunque se mantenía la preocupación nacional por la suerte de Abreu, los re-
portajes mermaron. Yo retomé el antiguo ritmo de
vida, con la satisfacción de no haber dado un paso
en falso. Todavía me congratulaba de mi buena es-
trella, cuando me encontré con el doctor Gaviatti,
que está en la Academia Argentina de Medicina.
Me explicó:

—De Relaciones Exteriores nos mandaron decir
que sería oportuno un acto de la Academia en honor
de tu compinche Francisco Abreu. Después de un
largo cambio de ideas, le arrancamos al doctor Osán
la promesa de hablar y hemos pensado que sería sim-
pático que vos pronunciaras unas palabras en nombre de los amigos:

La propuesta me colmaba de satisfacción, pero
argumenté:

—¡Che, soy un Juan de afuera, que no pertenece
a la Academia, que ni siquiera es médico!

—Yo no me preocuparía —aseguró Gaviatti. Me
miró un poco, me dio una palmada y formuló, no
creo que en broma, un comentario del que no me re-
puse inmediatamente: —Con esa pelada tuya, en
pleno avance, no vas a desentonar.

Oí también que me decía: "El viernes próximo,

a las diecinueve horas... Ya invitamos a la mujer de Abreu... Si quieres que vaya algún conocido tuyo, llamalo al secretario, para que te mande tarjetas".

Lo vi partir mientras me ocupaba en contar los días que faltaban hasta el viernes. No más de cinco. Tiempo de sobra tal vez para estos caballeros, que sin dificultad preparan un discurso de la noche a la mañana. No para mí. "Lo mejor", me dije, "para evitar sobresaltos" (qué ingenuo ¿no es cierto?) "será que me vaya a casa y me ponga a trabajar". Aunque lo conocía a Abreu desde siempre, o tal vez por eso, ignoraba si tenía tema para muchas horas o para unos minutos.

En cuanto llegué me examiné atentamente en el espejo del baño y recordé lo que una amiga me había dicho: "A cierta edad todas las mañanas uno se asoma con recelo al espejo, para ver qué novedades le trae el nuevo día". En mi caso la novedad revistió el carácter de una amarga revelación. Por dos entradas laterales la frente avanzaba profundamente en el cuero cabelludo. Éste, en algunas partes, raleaba.

Me pareció que si yo procedía con lógica me probaría a mí mismo que me había sobrepuesto a la amargura. Sin demora empezaría a trabajar y también a tomar el tónico de Abreu. Menos mal que me quedaba un frasco.

Entiendo que el discursito me salió bien. Si ahora lo releo con ánimo de encontrar defectos, quizá descubra que no me he demorado debidamente en las situaciones destinadas a conmover al lector; pero quiero creer que la falla está compensada por la virulencia de los párrafos en que denuncio la bárbara incomprensión de quienes encarcelaron a un sabio. En cuanto a mí, en un arrebato de soberbia (lo que parece casi incompatible con mi índole) llegué a pensar que nadie debía juzgar mi lealtad a Francisco Abreu por lo que yo hice, o no hice, en Bagdad, sino por la pieza oratoria que había escrito en su defensa. No cabe duda que trabajé expeditiva y vigorosamente. Quizá yo debiera algo de mi empuje al famoso tónico o elixir, que de manera regular tomaba con el desayuno, con el almuerzo y con el té de la tarde.

El día del acto desperté rebosante de coraje y muy seguro de mí. No se me cruzó por la mente la posibilidad de que los nervios me jugaran una mala pasada. Si me distraía un poco, me veía a mí mismo como un pugilista que se dispone a la pelea, no como un pacífico individuo que va a pronunciar un discurso.

Cuando entré en el anfiteatro, el público lo llenaba, o poco menos. En el estrado me incorporé a un corrillo en que un señor preguntaba si la impuntualidad no sería un grave defecto de los argentinos. Otro me dijo:

—Estamos, fíjese usted, sobre la hora y el doctor Osán no llega.

Me pareció que la frase continuaba, o se apagaba, en un murmullo. Olvidé a mi interlocutor, a los demás académicos, a la concurrencia. Una visión maravillosa me subyugaba. Doña Salomé, con una sonrisa tristísima y abriendo los brazos, venía a mi encuentro. Puedo asegurar que en un principio la

aparición me trajo a la memoria una emotiva suce-
sión de imágenes de ese matrimonio tan querido. Un
cambio físico se operó entonces en mí, una verdadera revulsión, en la que todo mi ser tendía hacia doña
Salomé, con irresistible premura.

No es necesario que me explaye sobre lo que
pasó después. Al respecto la opinión pública no ca-
rece de información. Intuyo, sin embargo, que la
descripción del suceso que ofrecieron los diarios
menos inclinados a una cautelosa reserva reflejó
pálidamente la realidad. Con pesadumbre, con vergüenza, admito los hechos. En cambio rechazo de
plano la responsabilidad total, que algunos tratan de
endosarme. Creo que mi culpa sólo consiste en no
haber comprendido enseguida algo que hoy parece
evidente. Como Colón, Abreu logró un descubrimiento extraordinario, pero no el que buscaba. Estas páginas mías refieren dos o tres episodios que
respaldan el aserto. Si todavía alguien requiere mayor confirmación, la encontrará en una noticia que
últimamente difundió la prensa. El cónsul en Bagdad, el mismo que se lavó las manos en el asunto de
Abreu, fue detenido por atentar en plena calle contra una mujer no muy joven, que llevaba el ropaje
tradicional, con velo y todo.

El cuarto sin ventanas

Después de cinco o seis días en Berlín Oeste, me pregunté si Berlín Este no quedaba demasiado cerca, para emprender la vuelta sin verlo. Una discreta indagación, a través de conversaciones aparentemente casuales, me persuadió de que nadie consideraba la visita al sector Este como un acto de arrojo.

A unos doscientos metros del hotel, tomé el ómnibus, que ya estaba repleto de turistas. Me acuerdo de que pensé: "Mientras no me aparte de este rebaño, nada me pasará". Conseguí el último asiento libre. A mi lado iba un hombre de ojos vivaces, de mirada fuerte, parecido a una famosa estatua de Voltaire viejo, que vi no sé dónde. Era de mediana edad y de color aceituna.

En el puesto fronterizo cambiamos de chofer y de guía. Quedamos estacionados, del otro lado de la línea divisoria, no menos de veinte minutos, al rayo del sol, frente a la aduana y al destacamento policial. Era un día de verano muy caluroso. Una señora pro-

testó en voz alta. Cuando un policía, que la enca-
ñonó con su ametralladora, le dijo que se callara, la
mujer pareció al borde de un ataque de nervios. Pro-
cedieron los policías a una aparatosa inspección del
vehículo. Miraron todo, aun debajo de los asientos,
donde no cabía nadie. Examinaron pasaportes, cote-
jaron caras y fotografías. ¡Cómo envidié a los compañeros de excursión, casi todos turistas norteamericanos, ingleses y franceses, que mostraban pasaportes
con fotografías grandes y nítidas! Por culpa de la mía,
apenas mayor que una estampilla y un poco borrosa,
pasé momentos de ansiedad. Los policías no se resol-
vían a creer que yo fuera el fotografiado. El compañero de asiento me dijo:

—Calme esos nervios, mi buen señor. El pésimo
trato que nos dan los polizontes no es más que un
estilo. La policía de aquí es famosa por el temor que
infunde y, usted sabe, cuando alguien alcanza la fama, procura mantenerla.

Hablé como un pedante:

—Maltratar a las visitas fue siempre una falta de
urbanidad. El turista es una visita.

—Cuando no un agente secreto. ¿O supone que
todos estos americanos, con su aire de granjeros, son
tan inocentes como parecen?

—Me atengo a los hechos. Se demoraron los policías con mi pasaporte. Al suyo prácticamente lo pasaron por alto.

—No se preocupe. Usted es argentino. Un ente
irreal para ellos. Algo que está fuera de la conciencia
del policía *tedesco*. En cambio yo soy un italiano de

Berlín Este, que vive en Berlín Oeste. Un poco de mala suerte, y una de estas excursiones puede costarme caro. Sin embargo, aquí me tiene.

El italiano se presentó. Se llamaba Ricardo Brescia. Tenía pelo negro, echado para atrás, frente alta, ojos de mirada firme, nariz y pómulos prominentes, manos movedizas, traje arrugado, de tela ordinaria, marrón. Me preguntó de qué me ocupaba.

—Soy escritor —contesté.

—Yo, cosmógrafo.

—Lo que dice me trae a la memoria mi primera preocupación intelectual. Es raro: no se vinculaba a la literatura, sino a la cosmografía.

—¿Cuál era esa primera preocupación?

—Tal vez no deba llamar así a la perplejidad de un chico. Yo me preguntaba cómo sería el límite del universo. Alguna forma, algún aspecto, debía de tener. Porque el límite del universo, por lejos que esté, existe.

—Desde luego. ¿Llegó a imaginarlo?

—Vaya uno a saber por qué imaginaba un cuarto desnudo, sin ventanas, con las paredes descascaradas y musgosas, con el piso gris, de cemento.

—No se equivocaba demasiado.

—Lo que más me preocupaba era que del otro lado de las paredes no hubiera nada, ni siquiera el vacío.

Sin pedir autorización, algunos turistas empezaron a fotografiar, desde el ómnibus, edificios, monumentos y aún a la gente que andaba por la calle. Temí que se produjeran altercados con el guía. Nada ocurrió, pero mis nervios, que se habían calmado, afloraron de nuevo.

Nos detuvimos en una avenida, entre una hilera de quioscos para la venta de recuerdos y el gran portón de un parque. Mientras el guía explicaba que recorrer ese parque nos llevaría poco más de media hora, Brescia me dijo por lo bajo:

—Sígame. Le voy a mostrar algo que le va a interesar.

—No quiero disgustos —repliqué—. Si la orden es recorrer el parque, voy a recorrerlo. Mientras no me aleje del grupo, me siento protegido.

—No le va a pasar nada. El paseo dura exactamente cuarenta y cinco minutos. Tiempo de sobra para que le muestre algo que le va a interesar.

El italiano estaba tan seguro de que su proposición era razonable, que no tuve fuerzas para oponerme. Sin duda hay circunstancias en que la mente funciona de modo inesperado. Lo que poco antes se me presentaba como una locura, ahora me atraía como un buen pretexto para evitar una larga caminata. Recuerdo que pensé: "No vine a Berlín a visitar árboles".

Si no me engaña la memoria, estábamos en lo alto de una moderadísima loma de la llanura berlinesa. Mientras los turistas, en grupo, se encaminaban al portón, Brescia y yo descendimos una barranca, larga y sinuosa, que había detrás de los quioscos. Finalmente nos internamos por una calle de casas bajas, que me recordó, tal vez por sus chiquilines jugando al fútbol, barrios periféricos de Buenos Aires.

"Quién estuviera allá", me dije. Este pensamiento nostálgico reavivó, vaya uno a saber por qué, mis recelos. Debo admitir que la voz de Brescia me comunicó tranquilidad. Decía:

—Mi casa.

Era una casa baja, con balcones a los lados, puerta en el medio y terraza arriba. La cerradura debía de estar rota, porque una cadena con candado sujetaba las dos hojas de la puerta. El italiano sacó del bolsillo una llave de gran tamaño y abrió. Por un zaguán oscuro, de piso de mosaicos, llegamos a un cuarto interior. No podía creer lo que estaba viendo. El cuarto era idéntico al que imaginé cuando era chico. Cerca de uno de sus ángulos había una escalera de caracol, de hierro, pintada de marrón y descolorida, con su guarda de agujeritos, a modo de puntilla, debajo del pasamanos, por ahí se iba a la terraza. Preguntó el italiano:

—¿Qué me cuenta, señor? El límite del universo, tal cual usted lo soñó.

—Con la diferencia…

Me interrumpió para explicar:

—De los cuatro ángulos de este cuarto, el que está junto a la escalera mira al sur.

—Un detalle que no prueba nada.

—Tal vez. Pero hágame el favor de mirarlo.

—Está bien —dije, y me coloqué frente al ángulo—. ¿Ahora qué hago?

—Sepa, nomás, que está viviendo un momento solemne.

Casi le digo: "Y viendo una telaraña". Espesa, polvorienta, cubría el ángulo, a una cuarta del piso. Comprendí que Brescia hubiera interpretado mi observación como una burla y procuré discutir en serio.

—Que el cuarto se parece al que imaginé, la pura verdad, pero que estoy viendo el límite del mundo...

—Del mundo no, mi estimado amigo.

—Ya me parecía —dije.

Brescia continuó:

—Del universo, del universo. La caja grande, con el juego completo. La totalidad de sistemas solares, de astros y de estrellas.

—Con la salvedad —insistí— que del otro lado siguen los cuartos y las casas.

—Haga el favor de molestarse a la azotea.

Mientras de mala gana lo seguí escaleras arriba, miré el reloj. Había pasado poco menos de media hora. "No tenemos que descuidarnos", pensé. La escalera llevaba a una garita muy angosta de madera reseca, pintada de gris. Abrimos la puerta, salimos a la terraza. Era de baldosas coloradas, rodeada por lo que parecía una franja blanca: el borde superior de las paredes medianeras, que sobresalía de las baldosas unos veinte o treinta centímetros. Había tres terrazas más. Dos en frente, una a la derecha. Todas eran idénticas y estaban rodeadas de idénticas franjas blancas. Para dejar ver que mantenía mi libertad de criterio, dije:

—Parecen canchas de tenis.

—Con la salvedad —contestó, con una sonrisa— que tienen garitas.

En cada terraza había una, de modo que las cuatro rodeaban el ángulo que miraba al sur y que, según Brescia, era el vértice del universo. Como quien hace una concesión, comenté:

—Desde luego, este ángulo es el vértice de las cuatro terrazas.

—¿Está queriendo decir que sólo es eso? —preguntó, y me urgió en seguida: —Hágame el favor de bajar por cualquiera de las otras escaleras.

—¿Qué me propone? ¿Una violación de domicilio? No estoy loco.

—No habrá violación de domicilio.

—¿Usted es el dueño de todas las casas? —pregunté con un dejo de respeto.

—Ya que no entiende —contestó— crea en mí y haga lo que le digo. Baje por cualquiera de las otras escaleras. Haga el favor.

—¿Está seguro de que no me voy a llevar un disgusto?

—Estoy seguro.

Muy nervioso, en puntas de pie, tratando de no meter ruido y de ver si en la penumbra había alguien, bajé por la escalera que venía a quedar justo en frente del ángulo que miraba al sur. Me encontré en un cuarto idéntico al de un rato antes, con una particularidad que me extrañó: como si el cuarto se hubiera dado vuelta mientras yo bajaba, el ángulo, que ahora estaba viendo del lado opuesto, miraba como el del otro cuarto, hacia el sur. Había un detalle más increíble todavía: cerca del piso, un telaraña igual. Esa telaraña fue demasiado para mí. Creo que por unos minutos perdí la cabeza y corrí escaleras arriba, a lo mejor con el propósito de sorprender el fraude. Me introduje en otra garita, estruendosamente bajé por otra escalera y de nuevo me encontré en el mismo cuarto, con el mismo ángulo mirando al sur, con la misma telaraña cerca del piso. De nuevo corrí hacia arriba y bajé por la escalera que me faltaba. Encontré todo igual, incluso la telaraña. Estaba tan perplejo que al oír una voz a mis espaldas me sobresalté. Brescia me preguntaba:

—¿Satisfecho?

—No —dije sinceramente—. Mareado. En las cuatro piezas a la redonda el ángulo mira al sur.

—Y tiene la telaraña —apuntó Brescia.

—Por más que me quede aquí, no voy a entender. Volvamos a su casa.

Aún temía que alguien nos sorprendiera y nos tomara por ladrones o por espías. Además, a pesar de mi turbación, recordaba perfectamente el peligro de llegar tarde al encuentro con los turistas, frente al parque. Me acerqué a la escalera.

—No es necesario subir —dijo Brescia—. Venga por acá.

Lo seguí como sonámbulo. Salimos del cuarto, recorrimos el zaguán oscuro, de piso de mosaicos, y por la misma puerta, con la cerradura rota, salimos a la calle. Había chicos jugando al fútbol. Pregunté:

—¿Por todas las escaleras bajé a su cuarto?

—Claro.

—No acabo de entender.

Mientras cerraba la puerta con la cadena y el candado, observó calmosamente:

—Menos mal que se dedicó a la literatura. El que se pierde en las circunstancias no encuentra la verdad.

—La verdad —contesté— es que si nos descuidamos, no llegamos a tiempo al ómnibus.

Caminé con apuro y aprensión. El error de apartarme del grupo no sólo me pareció imperdonable: no entendía por qué lo cometí. Desde luego echaba la culpa a Brescia, pero me alegraba de tenerlo a mi lado, por si me interrogaba algún policía.

Subimos la cuesta. Por una callecita llegamos a la avenida, frente al parque. El ómnibus estaba donde lo dejamos y el chofer conversaba animadamente con un policía de uniforme verde. Apenas tuve tiempo de retroceder y parapetarme contra la pared de un quiosco. Por el portón del parque salía el grupo de turistas, con el guía a la cabeza, perorando a voz en cuello y por momentos caminando para atrás. Cuando pasó el último turista, me sumé al grupo. Sin volverme, dije a Brescia:

—Vamos.

Ya en el ómnibus, me dejé caer en mi asiento. El corazón me palpitaba audiblemente. Si el guía me interrogaba (miraba como si fuera a hablarme) yo no sabría qué decir. No había preparado una explicación y estaba demasiado nervioso como para improvisarla. La señora que protestó cuando nos dejaron al rayo del sol, al comienzo de la excursión, volvió a protestar y por suerte atrajo la atención del guía, que dio una respuesta cortés, en la que se adivinaba el enojo:

—No, señora —dijo—. A lo mejor el lugar no es tan bello como los que usted frecuenta, pero esté segura de que no la retendremos acá para siempre.

Con el mayor cuidado, para pasar inadvertido, me incorporé, eché una mirada. Brescia no estaba ahí.

El chofer subió al ómnibus, puso el motor en marcha. Me pregunté: "Si nos vamos y no digo nada ¿lo abandono?, pero si digo ¿lo delato? Y, peor todavía ¿me expongo a que algún turista comente que Brescia y yo no participamos en el paseo por el parque?" Mientras en mi cavilación alternaba escrúpulos y temores contradictorios, emprendimos el regreso. Antes de llegar al límite de los dos sectores, me dije: "Seguramente a la entrada nos contaron y ahora descubrirán que falta uno". Sin disgustos cruzamos a Berlín Oeste. La verdad es que sentí alivio. Después, al analizar mi conducta, llegué siempre a la misma conclusión: no tenía nada que reprocharme, porque no pude obrar de otro modo. Sin embargo, el recuerdo de esa tarde me trae un malestar bastante parecido al remordimiento.

La rata o una llave
para la conducta

1.
Lunes

—Si fuera por mí no saldría nunca de esta casa —dijo el profesor.

Se llamaba Melville y algunos lo conocían por el capitán, no porque fuera capitán, sino porque solía renguear por la galería de su chalet de la costa, como un pirata en el puente de mando. Era un hombre viejo, ágil a pesar de la pierna ortopédica, flaco, de pelo blanco y frondoso, de frente espaciosa, de cara rasurada. Usaba corbata La Vallière. Tal vez por la corbata y el pelo tuviera cierto aire de artista del siglo XIX.

—Me atrevo a insistir, señor: un paseíto de cuando en cuando a nadie le viene mal —dijo el alumno.

Se llamaba Rugeroni. Era joven, atlético, pelirrojo, pecoso, de boca protuberante y dientes mal cubiertos por los labios. Tomaba clases para preparar las materias en que lo habían aplazado. Aunque no fuera buen estudiante, el profesor sentía afecto por él. Sin proponérselo tal vez, habían pasado de una relación de profesor y alumno a la de maestro y discípulo.

—¿Para qué salir? —preguntó el maestro—. Los días son tan cortos que apenas alcanzan para pensar, para leer, para tocar el armonio.

—Mire, señor, si por ahí empiezan a decir que se volvió maniático. Que está viejo.

—No me importa lo que digan.

—Va a sufrir en su amor propio.

—No tengo amor propio.

—Yo sí. Mucho. ¿Qué sería de un joven que se propone triunfar en la vida si no tuviera amor propio y ambición?

—¿Y por qué no pone, señor Rugeroni, una pizca de todo eso en el estudio? —observó con una sonrisa benévola el maestro—. No crea que falta mucho para los exámenes.

—Usted una vez me dijo que ni los exámenes ni la instrucción cuentan demasiado. Lo que realmente quiero es aprender a pensar.

—En ese punto quizá no se equivoca. La vida es tan corta que no hay que malgastar el tiempo. ¿Entiende ahora por qué no salgo? Aquí adentro nada me falta. El chalecito es lindo. Tiene la mejor orientación. Cuando quiero descansar me asomo a una ventana. Por ésta, del frente, veo el mar y pienso en barcos y en viajes. Los viajes imaginarios son atractivos y están libres de molestias. Si me asomo a la ventana del fondo, siento el aroma de los pinos.

—¿Qué es eso? ¿No oye? —preguntó Rugeroni.

Hubo un silencio apenas perturbado por el rumor de dientes que roían madera.

—Todas las cosas tienen su defecto —explicó el maestro—. El de este chalet es la rata.

Mirando el cielo raso preguntó Rugeroni:

—¿Está en el piso de arriba?

—Probablemente.

—¿Por qué no pone una trampa?

—Sería inútil.

—No sé por qué el rumor ese me resulta desagradable.

—A mí también —dijo Melville—. Es claro que tenemos suerte de que nos haya tocado oír el animal y no olerlo.

Después de mirar el reloj dijo Rugeroni:

—Me voy. Me espera Marisa.

2.

Martes

A poco de comenzar la clase, oyeron el inconfundible rumor de dientes que roían. Era el mismo de la víspera, sólo que más intenso. Ahora provenía del cuarto de al lado. Comentó Rugeroni:

—Nadie creería que es una rata. Debe de ser grande.

—Muy grande.

—¿Usted la vio?

—No, no la he visto.

—Entonces, ¿cómo sabe?

—Otros la vieron.

—Y dijeron que era enorme. Mintieron tal vez.

—No mintieron.

—¿Cómo sabe?

Rugeroni se levantó y se acercó a la puerta que daba al otro cuarto.

—¿Qué está por hacer? —preguntó Melville.

—Con su permiso, abrir la puerta. Salir de dudas. Nada más fácil.

—No mintieron porque no hablaron.

—¿Por qué no hablaron? Eso es lo que yo quisiera saber —dijo Rugeroni y resueltamente empuñó el picaporte.

—No se los vio más. Desaparecieron. Dejaron de existir. ¿Entiende?

—Creo que sí.

Rugeroni soltó el picaporte y quedó inmóvil, mirando con estupor y mucha atención al maestro. Éste reflexionó, sin malevolencia: "Tiene cara de rata. ¿Cómo no lo noté antes? La cara de una rata limpia, pecosa y pelirroja. Además, qué dentadura". En voz alta preguntó:

—¿Ve esa chimenea en el horizonte? —Tomó a Rugeroni por un brazo, lo llevó hasta la ventana, señaló el mar. —¿Ve el barco? Nos permite soñar con fugas. Un sueño indispensable para todo el mundo.

3.
Miércoles

Aquella mañana, Melville se había asomado más
de una vez a la galería, no sin mirar a un lado y otro
antes de volver adentro. Poco después, cuando abrió
la puerta a su discípulo, exclamó:

—¡Por fin!

—¿Llego tarde para la clase?

—Hoy no hay clase. Tengo algo que contarle. No
sabe con qué impaciencia estuve esperando. Es algo
extraordinario.

Minuciosamente Rugeroni refirió que su chica,
Marisa, lo llevó a ver una casa en venta, próxima a la
estación de servicio, y que pasaron una hora larga
midiendo cuartos y planeando la distribución de cama, sillas, mesa y otros muebles, mientras él repetía
que no había plata y que si un día estallaba el fuego
en la estación de servicio todo el vecindario iba a vo-
lar por el aire.

—Pobre chica. No ve la hora de vivir con usted
—comentó el maestro—. Sin embargo, mi consejo es
no precipitarse. Hasta que estén plenamente seguros de haber encontrado la casa que colme sus aspi-
raciones no alquilen. Ni compren, desde luego.

—Por favor, señor. Entre Marisa y yo no reunimos lo necesario para el alquiler de una casilla de
perro.

—¿Qué motivo hay para descorazonarse? Todo
hombre debe contar siempre con una lotería o con
una herencia.

—No compramos billetes de lotería y francamente no sé a quién vamos a heredar.

—Mejor que mejor. De otro modo no tendría gracia recibir el premio. Hagan el favor de no meterse en la primera casa que vean. No se apuren. Créanme: Es importante que a uno le guste la casa en que vive.

—¿Con rata y todo, le gusta la suya?

—Con rata y todo. Y ahora me acuerdo, quién sabe por qué, de la gran noticia que le prometí. Anoche tuve una revelación. Hice un descubrimiento.

—¿Qué descubrió?

—Una llave. La llave de la conducta. No olvide la fecha de hoy.

—¿Qué fecha es hoy?

—No tengo idea. Consulte su agenda, y escriba en la página correspondiente: "En este memorable día me enteré, antes que nadie, de la piedra de toque descubierta por Melville, para saber qué impulsos, qué actos, qué sentimientos son buenos y para saber también cuáles son malos". El principio de una ética fue uno de los proyectos o sueños que nos propusimos, para meditar el día menos pensado, mis amigos y yo, en las grandes conversaciones de la juventud.

—Lo que usted descubrió es muy importante. Lo felicito, maestro.

—Tal vez habría que celebrarlo.

El discípulo repitió la frase y el maestro abrió un armarito, sacó un botellón que contenía líquido de color granate y llenó dos pequeños vasos. Brindaron.

—¿Le cuento?

—Cuente.

—Primero un poco de historia. Si bien me acostumbré a compartir este chalet con la rata, noto que el animal año tras año ocupa mayor lugar en mis pensamientos. Para que no me domine, procuro entretenerme y me pregunto, como en un juego, qué razón de ser, qué utilidad puede tener un animal tan horrible. El solo intento de encontrarle una aparente justificación me enoja.

Bruscamente se levantó de la silla y se puso a caminar (y a renguear), de un lado a otro, por el cuarto. "Ahora sí que parece un capitán", pensó Rugeroni. "O tal vez un arponero oteando el mar en busca de una ballena."

Observó Melville que justificación y orden son anhelos de nuestra mente, ignorados por el mundo físico. Se diría, además, que en la mente hay cierta vocación de inmortalidad y que el cuerpo es manifiestamente precario. De estas incompatibilidades surge toda la tristeza de la vida. Continuó:

—Pero como yo tengo la mente para pensar y me creo el centro del mundo, sigo buscando. El que busca encuentra. Anoche, *eureka,* tuve mi revelación y ahora puedo ofrecer al prójimo una suerte de varita de rabdomante, para que aplique a cualquier sentimiento, actividad, impulso, estado de ánimo y descubra su índole.

Le recomendó al discípulo que hiciera él mismo la prueba.

—Elija un sentimiento y confróntelo.

—¿Con la rata?

—Con la rata.

—¿Qué elijo? —preguntó Rugeroni.

—Lo que se le ocurra: amor, amor físico, amistad, egoísmo, compasión, envidia, crueldad, o el ansia de poder, o los placeres y las cosas buenas, o la ostentación, o la acumulación de riqueza. Lo que se le ocurra.

—¿Entiendo correctamente? —preguntó Rugeroni—. ¿La rata es la muerte?

—Sí, nuestra muerte, nuestra desaparición y también la desaparición de todas las cosas, gente, historia: el mundo entero.

—Lo que después de la confrontación queda mal parado, ¿es malo?

—Desde luego, aunque su querido amor propio y su prestigiosa ambición no hagan buen papel, que digamos.

—¿Y la cobardía? —preguntó Rugeroni, que sólo disponía de una inteligencia rápida cuando le tocaban el amor propio—. A lo mejor tiene la ventaja de postergar la muerte.

—Una postergación que no vale mucho —dijo Melville—, porque la rata llegará inevitablemente. La muerte, por los siglos de los siglos. ¿Qué valor acordaremos a unos días, a unos años, ante esa eternidad? Para tomarlos en cuenta hay que valorar demasiado, casi diría con exceso romántico, la existencia.

No se rindió el discípulo. Con verdadera saña (así, por lo menos, le pareció a Melville) replicó:

—Está bien, señor. Convendrá, entonces, conmigo, que si las posibles ganancias del cobarde son ridículas, con igual lógica llegaremos a la conclusión de que no es muy grave la culpa del homicida. Confrontada, por supuesto, con su preciosa piedra de toque.

Si no lo hubiera cegado la satisfacción por su gimnasia intelectual, probablemente Rugeroni habría advertido cambios en la coloración de la cara del maestro. De un carmín intenso pasó primero al amoratado y después al blanco. El mal momento duró poco. Casi repuesto, el maestro sonrió y dijo:

—Lo felicito, Rugeroni. Estoy orgulloso de usted. Su crítica ha detectado una limitación, inútil negarlo, en mi gran llave, maestra de la conducta humana. Yo pensaba, evidentemente, en una humanidad compuesta de gente como usted y como yo. ¿Se figura a uno de nosotros preguntándose con la mayor gravedad si está bien o está mal que asesinemos a un prójimo? Me apresuro a confesarle que nunca tuve en cuenta a los asesinos, seres misteriosos y extraños...

—Admitirá, de todos modos, que uno le pierde un poco de confianza a su llave, o piedra de toque, o varita de rabdomante... No siempre es un instrumento exacto.

—Quiero creer, Rugeroni, que usted no busca la exactitud científica en las mal llamadas ciencias sociales. Los que pretenden elevarlas a la categoría de ciencias exactas, las desacreditan.

Rugeroni observó de pronto:

—Hoy no hemos oído la rata. Quién le dice que no se fue.

Con un dejo de ferocidad replicó Melville:

—Aunque no se la oiga, puede muy bien estar cerca.

4.
Jueves

Tenía la respiración entrecortada porque había corrido. De nuevo llegaba tarde. Más tarde que nunca. Encontró la puerta abierta, una lámpara en el suelo, un vigilante sentado en el sillón de Melville. Preguntó:

—¿Qué pasa?

—Usted es el joven Rugeroni.

El que habló no era vigilante, sino el comisario Baldasarre, que había entrado en el escritorio por la puerta que daba al cuarto contiguo. Rugeroni repitió su pregunta.

El comisario Baldasarre era un hombre corpulento, cetrino y a juzgar por la traza, abúlico, negligente, poco dado al aseo. Parecía cansado, atento únicamente a encontrar un sillón donde echarse. Lo encontró, suspiró, cerró los ojos y volvió a abrirlos. Ahora se diría que miraba el vacío, con ojos inexpresivos pero benévolos. Contestó:

—Justamente, lo estaba esperando para hacerle sa misma pregunta.

Rugeroni se dijo: "Todavía va a resultar que sospecha de mí". Contestó con otra pregunta:

—¿Se puede saber por qué me esperaba?

El comisario suspiró de nuevo, se desperezó, respondió sin apuro. Estaba al tanto de que todas las mañanas Rugeroni concurría al chalet para tomar clases y había pensado que, por tener ese trato cotidiano y familiar con el profesor, a lo mejor podía contarle algo que orientara la pesquisa.

Más tranquilo sobre la situación personal, Rugeroni se inquietó por el profesor. No pudo averiguar nada, porque el comisario lo interrumpió:

—Si lo interpreto —dijo—, usted vino esta mañana a tomar clase, como siempre.

Los ojos del comisario se habían encapotado.

—Como siempre —repitió Rugeroni, mientras se preguntaba si el comisario se había dormido—, aunque mi estado de ánimo es muy especial.

—¿Por qué? ¿Algún presentimiento?

—De ningún modo. Estoy un poco arrepentido. Quiero pedir disculpas. El señor Melville me ha hecho un gran honor. Me comunicó una teoría suya recién inventada o entrevista, y yo se la refuté con petulancia. Como oye: con petulancia.

Los ojos del comisario despertaron, se movieron en un rápido relumbrón y se fijaron, como en una presa, en Rugeroni.

—¿No pasó nada más? ¿La disputa subió de tono? ¿Se fueron a las manos?

—¿Cómo se le ocurre? El profesor me refirió una teoría, por la que se podía averiguar la verdadera índole de nuestros sentimientos, mediante su confrontación con una rata que hay en la casa.

El comisario abrió la boca. Un poco después habló:

—Créame, joven Rugeroni, no entiendo palabra. Mejor dicho: una palabra, sí. Rata. No deja de interesar que sea usted quien la emplea y con referencia al hecho ocurrido.

—¿Cuál es el hecho?

—Le prevengo que si usted pretende desviar hacia una rata la investigación, ni yo, ni el fiscal, ni el juez, le hacemos caso. Punto uno: está probado que no hay ratas en la casa. Punto dos: no hay rata en el mundo capaz de dar tales dentelladas.

—¿De qué dentelladas me habla?

—De las que provocaron la muerte del occiso.

—¿El occiso? ¿Quién es el occiso? No me diga que le pasó algo al profesor.

—Y usted no me diga que está asombrado. Nuestra presencia acá ¿no le sugiere nada? El repartidor del mercadito se encontró a primera hora, cuando llegó al chalet, con un espectáculo verdaderamente dantesco y corrió a llamarnos. Le informo, para su gobierno, que las dentelladas en cuestión corresponden a un animal mucho más grande que una rata. Grande, por lo menos, como usted.

Los ojos del comisario se detuvieron en la protuberante dentadura de Rugeroni. Éste, para ocultarla, apretó los labios, en una reacción instintiva.

—¿Está acusándome? ¿Por qué haría yo semejante monstruosidad?

—No está probado que la hiciera. Conocemos tal vez la chispa que provocó el incendio: una disputa sobre futesas. Veamos ahora el móvil; ¿sabía usted que el profesor le dejaba la casa, para que la habitara con su novia?

—¿De dónde saca eso?

—Del propio testamento del profesor. Lo encontramos en la mesa de luz. —El comisario continuó en tono de conversación amistosa. —¿Van a instalarse acá?

—Por nada del mundo, después de lo que pasó…

—¿Después de lo que pasó? —El comisario Baldasarre volvió a un tono de interrogatorio. —¿No era que no sabía lo que pasó?

—Usted me lo dijo.

—¿Qué motivos tiene para no mudarse?

—Por lo menos uno: la rata. No quiero vivir con la rata. Antes dudaba de su existencia. Ahora, no.

—En la casa no hay ratas ni alimañas de ninguna especie. El cabo, un reputado especialista que trabajó en grandes empresas desratizadoras, revisó la casa, cuarto por cuarto, centímetro por centímetro. No descubrió nada.

—¿Nada?

—Nada. En cambio si yo descubriera el por qué y el cómo (una suposición), debería preguntarle a mi sospechoso si tiene una coartada.

—Ahora soy yo el que no entiende.

—Le estoy preguntando con quién estuvo anoche.

—¿Con quién iba a estar? Con mi novia.

5.
Una mañana, un tiempo después

Se ocupaban en distribuir sus pocas pertenencias por cuartos y roperos, cuando alguien llamó a la puerta. Era Baldasarre. Con mal disimulado sobresalto, Rugeroni preguntó:

—Comisario, ¿qué lo trae por acá?

Baldasarre fijó los ojos, primero en la muchacha, después en su interlocutor. Eran ojos despiertos, pero afables.

—El deseo, nomás, de reanudar el trato de buenos vecinos que alguna vez, por razones profesionales, me vi penosamente obligado a interrumpir.

Fingiendo coraje, observó Rugeroni:

—Hasta el punto de sospechar de uno de sus buenos vecinos…

—Pero cuando supe que le respaldaba la coartada una persona tenida en tal alto concepto como la señorita, hoy señora, Marisa, me dije que no valía la pena insistir. Dirigí, sin perder un instante, mis cañones sobre el repartidor del mercadito, sospechoso más indefenso y, por eso, más maleable, mucho más maleable. Todo inútil. Pasé horas amargas. Yo soy un hombre a la antigua. Entre nosotros le confieso que si me impiden la picana y el cepo, haga de cuenta que tengo las manos atadas. Comprendí que en tales condiciones no quedaba opción. La única salida ética era la renuncia.

—¿Renunció?

—Renuncié. De modo que ya no hay que decirme comisario, sino Baldasarre, a secas. Aprovecho la oportunidad para comunicarle que he adquirido el fondo de comercio del mercadito, de manera que espero no sólo tenerlos de amigos, sino también de clientes. Claro que ustedes no notarán nada, porque el repartidor es el mismo. Ya les dije. Me considero un hombre a la antigua, que se encariña con la gente y con la rutina. No quiero cambios.

Rugeroni preguntó:

—¿Un cafecito?

—Me van a perdonar. Estoy visitando a la clientela. No alcanza el tiempo. Otro día será. ¿Se encuentran a gusto en el chalet?

—Muy a gusto.

—Digan después que el comisario no tenía razón.

—¿En qué? —preguntó Marisa.

—¿En qué va a ser? En que no hay ratas. Menos mal que le bastó una semana para convencerse.

—Yo no las tengo todas conmigo —dijo en broma, Rugeroni.

—Hombre de poca fe —dijo Marisa.

—Muerto el perro se acabó la rabia —dijo el comisario.

Caminando con soltura, aunque estaban abrazados, lo acompañaron hasta la galería. Lo vieron alejarse, con la bicicleta. Cuando entraron en el chalet y cerraron la puerta, oyeron un rumor inconfundible.

Índice

emecé
editores

España
Av. Diagonal, 662-664
08034 Barcelona (España)
Tel. (34) 93 492 80 36
Fax (34) 93 496 70 58
Mail: info@planetaint.com
www.planeta.es

Argentina
Av. Independencia, 1668
C1100 ABQ Buenos Aires
(Argentina)
Tel. (5411) 4382 40 43/45
Fax (5411) 4383 37 93
Mail: info@eplaneta.com.ar
www.editorialplaneta.com.ar

Brasil
Rua Ministro Rocha Azevedo, 346 -
8º andar
Bairro Cerqueira César
01410-000 São Paulo, SP (Brasil)
Tel. (5511) 3088 25 88
Fax (5511) 3898 20 39
Mail: info@editoraplaneta.com.br

Chile
Av. 11 de Septiembre, 2353,
piso 16
Torre San Ramón, Providencia
Santiago (Chile)
Tel. Gerencia (562) 431 05 20
Fax (562) 431 05 14
Mail: info@planeta.cl
www.editorialplaneta.cl

Colombia
Calle 73, 7-60, pisos 7 al 11
Santafé de Bogotá, D.C.
(Colombia)
Tel. (571) 607 99 97
Fax (571) 607 99 76
Mail: info@planeta.com.co
www.editorialplaneta.com.co

Ecuador
Whymper, 27-166 y Av. Orellana
Quito (Ecuador)
Tel. (5932) 290 89 99
Fax (5932) 250 72 34
Mail: planeta@access.net.ec
www.editorialplaneta.com.ec

Estados Unidos y Centroamérica
2057 NW 87th Avenue
33172 Miami, Florida (USA)
Tel. (1305) 470 0016
Fax (1305) 470 62 67
Mail: infosales@planetapublishing.com
www.planeta.es

México
Av. Insurgentes Sur, 1898, piso 11
Torre Siglum, Colonia Florida, CP-01030
Delegación Álvaro Obregón
México, D.F. (México)
Tel. (52) 55 53 22 36 10
Fax (52) 55 53 22 36 36
Mail: info@planeta.com.mx
www.editorialplaneta.com.mx
www.planeta.com.mx

Perú
Grupo Editor
Jirón Talara, 223
Jesús María, Lima (Perú)
Tel. (511) 424 56 57
Fax (511) 424 51 49
www.editorialplaneta.com.co

Portugal
Publicações Dom Quixote
Rua Ivone Silva, 6, 2.º
1050-124 Lisboa (Portugal)
Tel. (351) 21 120 90 00
Fax (351) 21 120 90 39
Mail: editorial@dquixote.pt
www.dquixote.pt

Uruguay
Cuareim, 1647
11100 Montevideo (Uruguay)
Tel. (5982) 901 40 26
Fax (5982) 902 25 50
Mail: info@planeta.com.uy
www.editorialplaneta.com.uy

Venezuela
Calle Madrid, entre New York y Trinidad
Quinta Toscanella
Las Mercedes, Caracas (Venezuela)
Tel. (58212) 991 33 38
Fax (58212) 991 37 92
Mail: info@planeta.com.ve
www.editorialplaneta.com.ve

Grupo ⊛ Planeta   Emecé es un sello editorial del Grupo Planeta www.planeta.es